Usos rudimentarios de la selva

Jordi Soler

Usos rudimentarios de la selva

Usos rudimentarios de la selva

Primera edición: mayo, 2018

www.megustaleer.mx

ISBN: 978-607-316-365-1

Impreso en México – Printed in Mexico

El papel utilizado para la impresión de este libro ha sido fabricado a partir de madera procedente de bosques y plantaciones gestionadas con los más altos estándares ambientales, garantizando una explotación de los recursos sostenible con el medio ambiente y beneficiosa para las personas.

Penguin
Random House
Grupo Editorial

Índice

Para Alexandra

A skeleton judashand strangles the light.

James Joyce

El globo

Liberto, el hijo de la cocinera, entró en mi habitación y, después de sacudirme para que despertara, anunció, el caporal dice que el globo está listo. En lo que me desperezaba y trataba de localizar mis botas y los pantalones del día anterior, pensé que el caporal había ido demasiado lejos. Un día me había dicho que, en lugar de recorrer la propiedad a caballo, como hacíamos todos los días, podríamos hacerlo en un artefacto que, con un mínimo de capital y mi consentimiento, se sentía capaz de fabricar. ¿Un artefacto?, le pregunté. Un globo aerostático, puntualizó. Yo me había echado a reír y luego le había dicho que hiciera lo que creyera conveniente, siempre que no me costara mucho dinero. También le había dicho, lo recordé mientras me calzaba las botas, que no era mala idea, que la mejor forma de mantener el cafetal a raya era sobrevolándolo, a vista de pájaro. Y después de decir eso me había vuelto a reír, porque me parecía un proyecto excéntrico, inviable, casi una broma. ¿De qué se ríe?, me preguntó Liberto, que esperaba impaciente a que terminara de vestirme. De nada importante, le dije, y añadí, vamos a ver ese globo que construyó el caporal.

El sol acababa de salir. Un rayo nuevo, que pasaba entre las ramas del mangle, fue a dar a la cara de Liberto, que sonreía lleno de luz, apretando mucho los ojos. Detrás del árbol, a lo lejos, se elevaba un globo rojo, enorme, una pieza extraña que dejaba al descubierto el hastío, la pesadez, la estruendosa monotonía de la selva.

Caminé detrás de Liberto, escuchando un ruido sordo cada vez que el caporal alimentaba el globo con aire caliente. Iba a decirle que estaba loco, que yo no iba a subirme a su invento y que, frente a esa pieza roja y estentórea, pensaba que recorrer el cafetal a caballo no era, después de todo, tan mala opción. Pero la alegría de Liberto, que volteaba a verme todo el tiempo con esa cara llena de luz, me hizo dudar de lo que iba a decirle. El caporal me esperaba a la sombra de su globo, con una sonrisa apenas contenida y su sombrero bien atado con un lazo al cuello para evitar, eso supuse, que se le escapara durante el vuelo. ¿Qué le parece?, me preguntó. Al ver su entusiasmo, y el de Liberto, que no paraba de brincar alrededor de la canastilla, supe que iba a tener que hacer el viaje y dije, vamos a probarlo antes de que suba el sol y empiece el calor. Tuve que gritar para decir aquello porque el caporal tiraba continuamente de la palanca que activaba la llama y, con un estruendoso resoplido, mantenía repleto de aire caliente el globo. La canastilla era un precario cuadrángulo hecho de tablas y carrizo, atado a una pieza de metal que estaba clavada en la tierra, para impedir que el globo se fuera cielo arriba. Suba usted, me dijo el caporal acercándome con mucho esfuerzo la canastilla para facilitarme la maniobra. Brinqué dentro, no tenía más remedio, y luego ayudé a Liberto a subir e inmediatamente después, con una serie de movimientos que parecían ensayados muchas veces, el caporal desató la cuerda, saltó dentro de la canastilla y le dio a la palanca para que el globo comenzara a elevarse. Me arrepentí de haberme subido en cuanto empezamos el ascenso, busqué el consuelo de la sonrisa de Liberto pero esta había desaparecido, en su lugar había una mueca de pánico que pronto lo llevó a acurrucarse en una esquina de la canastilla. Al caporal le hizo mucha gracia el miedo del niño, se rio a carcajadas mientras activaba nuevamente la palanca y disfrutaba de la altura y del viento que le daba en la cara. ¡A vista de pájaro!, gritó lleno de orgullo. No tengas miedo, Liberto, no va a pasarnos nada, le dije al niño, que temblaba como un animalito. Pero yo tenía tanto miedo como él y lo que de verdad quería era acurrucarme en una esquina a temblar como un animal y, sin embargo, me agarré con fuerza del tablón que hacía de barandilla y le dije al caporal: subamos un poco más, con suerte podríamos ver el mar.

El depredador

Rebeca era diez años mayor que yo. Tenía un cuerpo que era mío mientras estaba dormida. La primera vez que la toqué acababa de pelar el cráneo de un pájaro, quizá eso fue. El sopor llegaba, después de comer, como una humareda, como una neblina que iba narcotizando uno a uno, uno tras otro a los habitantes de la casa, y los iba mandando a la hamaca, al sillón, a la cama. El cuerpo de Rebeca parecía desconectado mientras dormía, iba sudando a la deriva revuelta con todos los demonios del calor. Yo me echaba en un sillón y en cuanto percibía, por el silencio que se instalaba en la casa, que los demás se habían dormido, caminaba con cuidado hasta su habitación para mirarla dormir. Le miraba la boca y los párpados, las nervaduras del cuello, las clavículas y los pechos cubiertos por el encaje del vestido. En los muslos le crecía una pelusa rubia, casi invisible, que me orillaba a mirar por pudor hacia los pies, que tenían la planta negra, manchada de tierra. Mis manos estaban siempre sucias, manchadas también de tierra y de las cosas que tocaba a la intemperie, las ramas, la resina, los brotes aceitosos del breñal o la grasa que había en la pelambre de los caballos. Hurgaba en la tierra y me ponía las manos y las uñas negras, como los pies que dejaba al aire Rebeca mientras hacía la siesta. La primera vez que la toqué mientras dormía acababa de pelar un cráneo de picho. Había puesto una trampa de cuento. Una caja de madera sostenida por un palo, que iba amarrado a una cuerda de la que tiré en el momento preciso, en cuanto el pájaro entró por el pedazo de pan que había colocado debajo de la caja, como cebo. El picho quedó atrapado, brincaba dentro de la caja y graznaba. Golpeaba sus alas ruidosamente contra la madera. Esperé a que se fatigara, a que se quedara quieto y expectante. Por una abertura que tenía la caja podía ver sus enormes ojos amarillos. Cuando se quedó quieto metí la mano y le retorcí el cuello con toda mi fuerza, era una criatura frágil, no hacía falta toda mi fuerza pero así eran las cosas en la selva. Ahí todo se ganaba o se perdía por la fuerza. Luego había extendido el cadáver del picho sobre la tierra, boca abajo y con las alas abiertas. Parecía que estaba practicando su último vuelo. Con las tijeras que doña Julia usaba para partir los pollos, con un corte dilatado y pedregoso, separé del cuerpo la cabeza del pájaro. Luego comencé a quitarle el pico, los ojos, las plumas, el pellejo traslúcido que le cubría el cráneo. Al cabo de un rato tenía una pieza blanca, cartilaginosa, que parecía un pequeño casco. La coloqué en una repisa de mi habitación como un trofeo para mi espíritu depredador. Porque en aquella selva nos quedaba claro que quien no depredaba era depredado. Salía vivo quien daba el primer golpe y los animales, cuando no eran nuestros aliados, eran nuestros enemigos. Los animales iban a liquidarnos y nosotros, si queríamos sobrevivir, teníamos que adelantarnos a ellos, sacar la piedra o el machete o el revólver, como había hecho papá una vez. Íbamos caminando con la manigua enredada en las rodillas, llenándonos de savia los brazos y el cuello, y nos había salido al paso un tigrillo. Nos cerró el camino y se agazapó para brincarnos encima. Entonces papá sacó su revólver y le disparó dos veces en el centro de la cabeza y lo dejó ahí tendido, descoyuntado, inerte. Después lo ayudé a echarse el animal al hombro para llevarlo a casa y que el caporal aprovechara lo que pudiera de aquel cadáver. Que les diera la carne, que era muy fibrosa, a los perros y los colmillos a la chamana para que los usara en sus encantamientos. La piel la puso a curtir y nos hizo una alfombra que estuvo durante años en el salón, con sus dos contundentes agujeros de bala en la cabeza. Lo cierto es que yo maté al picho y que no era mi enemigo, pero yo sí era un depredador y el depredador depreda sin tocarse el corazón. Cuento esto porque el día que toqué a Rebeca por primera vez acababa de matar al picho. Acababa de pelarle el cráneo y quizá eso fue. Tenía las manos todavía negras de tierra pegada por la grasa del pájaro. Había tratado de limpiarlas tallándomelas contra los pantalones, pero había sido inútil. Quizá eso fue:

mis manos venían de hurgar en las entrañas del pájaro y ahí descubrí un nexo, una liga, una corriente que me llevó a poner un dedo tímido en la rodilla de Rebeca. Un dedo tentativo para ver si estaba dormida. Para comprobar que el sopor, esa calina que salía de la selva como una sustancia narcótica, había hecho su efecto. Puse un dedo, un dedo negro en su rodilla y pensé que si despertaba iba a decirle que tenía un bicho y que yo lo había espantado para que no le picara. Para que no le hiciera daño, porque era mi tía y yo era el sobrino que cuidaba de ella. El que daba vueltas para comprobar que todo estuviera en su sitio mientras dormía. El que se preocupaba por que ninguna de las fuerzas de la naturaleza que nos acosaban noche y día fuera a causarle ningún mal. Me quedé ahí tocándola, llamado por su piel tersa, por esa pelusa rubia que se revolvía con la presión de mi dedo y formaba un remolino. O eso me parecía a mí, que en ese instante lo veía todo con una precisión milimétrica. Tenía ganas de tocarla pero también unas ganas inmensas de acercar la cara a ese muslo, de olerlo y de probarlo, de ir adueñándome paulatinamente de la sustancia de Rebeca, que dormía por más que yo movía mi dedo, con mucha suavidad, por la superficie dorada de su muslo. Mi dedo manchado por las entrañas del picho, quizá eso fue. Levanté un poco la falda y rápidamente la regresé a su sitio, perturbado, fuera de mí. Salí a caminar rumbo a los establos, a sentarme a horcajadas en el tronco que coronaba la valla y a contemplar a las vacas que rumiaban su forraje con una mansedumbre que poco a poco me fue haciendo entrar en razón. No estaba bien tocar a Rebeca, pero a la tarde siguiente, conducido por esa calina que salía como un fantasma de la selva, llegué otra vez a la habitación de mi tía. Sabía que no estaba bien tocarla y sin embargo no fue el dedo sino toda la mano la que agarró el muslo de Rebeca, con suavidad pero con una desfachatez que me dejó sin aliento. Como si tocar con un dedo fuera menos que tocar con la mano completa. El dedo señalaba un punto y en cambio la mano ya empezaba a apropiarse del cuerpo. La mano dictaba el camino, se fue internando debajo de la falda y el calor que empecé a sentir en la punta de los dedos, la masa tórrida que le salía de entre las piernas, me hizo ver que estaba muy mal aquello que hacía con ese cuerpo dormido. Acerqué la cara para ver lo que tenía entre las piernas y me llegó un vaho, una nube que olía a musgo, a flores podridas, a esas zonas penumbrosas donde nunca llega el sol. Después vi unas bragas blancas mojadas y metidas en esa hendidura por la que salía su espíritu hirviente y, sin pensarlo dos veces, llevé la mano hasta allá, puse un dedo en el centro de aquella hendidura y noté que le palpitaba como un corazón. En la noche, con todos sentados a la mesa larga donde cenábamos, no podía dejar de mirar a Rebeca, los mayores hablaban de sus cosas, de medidas urgentes que había que implementar en la plantación, de la visita del alcalde de Galatea, de un caballo que, si no presentaba síntomas de mejoría, tendría que ser sacrificado por el caporal. ¿Sacrificado?, preguntó Rebeca abriendo mucho los ojos, y entonces papá le explicó que el caballo sufría, tenía un dolor permanente para el que no había remedio y lo mejor era ponerlo a dormir. ¿A dormir?, preguntó Rebeca, visiblemente afectada por la suerte del animal, necesitada de una razón más contundente que el supuesto dolor que lo afligía. ¿Cómo ponen a dormir a un caballo?, preguntó Rebeca, y papá, para salir del paso, dijo que con un método muy compasivo que no lo haría sufrir. Ni cuenta va a darse, dijo papá. Yo no podía dejar de mirar a Rebeca, ni de pensar en la forma en que iba a afectarla la suerte del caballo. Ya sabía cómo resolvía el caporal ese tipo de problemas, había visto una vez cómo aliviaba la agonía de un perro enfermo. Le había puesto un revólver debajo de la oreja y, sin ningún miramiento, había tirado del gatillo. ¿Por qué le has disparado?, dije yo entonces, desencajado, y él me respondió, con una frialdad cargada de razón, porque así sufre menos. Pero por la cara que tenía Rebeca era evidente que no iba a quedarse tranquila con el así sufre menos del caporal. Y la verdad es que eso a mí no me importaba demasiado, todo lo que me importaba de la historia del caballo era el cuerpo de Rebeca que la sufría. Ella estaba ahí, en la silla de enfrente, cuestionando a mi padre, y yo no tenía cabeza para otra cosa que no fuera su cuerpo. Cuando terminamos, cuando nos levantamos de la mesa y cada quien se fue a preparar para dormir, Rebeca pasó a mi lado rumbo a su habitación, y alcancé a ver que en el muslo derecho, encima de la rodilla, llevaba la mancha que le había dejado mi mano, una mancha negra que parecía una mariposa.

Una fuerza sorda que absorbía toda la luz

Cada año, a principios de febrero, llevábamos al elefante al circo. Era el único día en que el animal salía de la plantación y nos gustaba prepararlo desde muy temprano. Empezábamos a la salida del sol, cuando los macheteros cortaban a grandes tajos la manigua, empapados de sudor, y Frescobalda, la criada, regresaba del establo con las jarras de leche. Los tajos que los macheteros iban haciendo a la selva dejaban una vaharada fugaz de cosa viva, un resplandor fresco que un instante después ya olía a podrido. Mientras pegaban aquellos tajos, que sacaban chispas cuando el filo del machete daba contra una piedra, masticaban ruidosamente un bocado de caña que al cabo de un rato escupían. El elefante iba detrás de ellos, a su ritmo, hurgando la zona que iban desmontando, buscando con la trompa los bocados de caña que los macheteros escupían todo el tiempo y que quedaban ahí, como una pieza blanca y pulposa, ajena al verdor vibrante de la vegetación. Quiero decir que ese día, para empezar, había que distraer al elefante, apartarlo del camino que iban tasajeando los macheteros y arrastrarlo hasta el jardín, donde ya teníamos preparados los baldes de agua, el detergente, las escobas y la escalera en la que había que subirse para lavarle el lomo y la cabeza. El elefante era muy dócil, mi hermano y yo, tirando de la cuerda que le colgaba del cuello, con la que el caporal lo amarraba cuando temía que podía hacer un destrozo, podíamos conducirlo fácilmente por toda la plantación. Lo atábamos a una enorme alcayata que había en el jardín, clavada en la tierra, y le tirábamos encima baldes de agua con detergente, y después tallábamos la piel con las escobas y, en cuanto empezaba a salir espuma, uno de los mozos limpiaba la zona con la manguera. Alguna vez que el detergente se había quedado demasiado tiempo sobre la piel del elefante, le había producido unas manchas circulares y tornasoladas que el veterinario tuvo que curar con una sustancia hecha a base de petróleo, y que había tenido a nuestro elefante oliendo quince días a motor de gasolina. Así pasábamos esa mañana, enjabonando y enjuagando al elefante, tallándole la piel con las escobas, subidos en un banco o en las escaleras, cepillándole con fuerza los pliegues de la nuca donde le nacía un desconcertante mechón de pelo renegrido, una cómica melenita en la que se le enredaban hojas, ramas, pingajos de resina, cacas de pájaro que también le quitábamos del lomo y de la cabeza. Después seguían las patas, quitábamos los elementos extraños que se le clavaban en el contorno de las uñas, donde acababa la piel y comenzaba esa misteriosa duricie abombada que era el final de sus patas, de ahí sacábamos espinas, piedritas, trozos de madera o de metal, a veces clavos, con los dedos o con unas pinzas que agarrábamos del armario de herramientas del caporal. Trajinábamos siguiendo las observaciones de Frescobalda, que iba por la leche y después se quedaba ahí, mirando la maniobra y riéndose, haciéndonos ver que en cierto punto había que pasar más la escoba y que el detergente era un desinfectante muy efectivo que debíamos aplicar, con especial intensidad, en las heridas de las uñas. Al final, Frescobalda nos prendía un puro para quitarle al elefante las garrapatas de las orejas, acercábamos mucho la brasa a la piel y, al instante, caía el cuerpo del insecto y dejaba clavadas las patas y un rastro de la sangre que le había robado al animal, un manchón oscuro que también tallábamos con la escoba. Luego alguno de los perros, que andaban siempre olisqueando por los alrededores, se iba comiendo las garrapatas que caían al suelo chamuscadas por la brasa del puro. Así, me parece, se cerraba un círculo: la garrapata parasitaba al elefante, engordaba alimentándose de la sangre que había en sus orejas hasta que la quitábamos de ahí y ella misma servía de alimento al perro.

Había un trabajador en la plantación, Vicentito, que cultivaba una gran garrapata que se le había enganchado en el brazo, la dejaba crecer, se dejaba chupar la sangre porque alguien le había dicho que esos bichos se tragaban la sangre mala, que las garrapatas filtraban las enfermedades y devolvían al cuerpo una sangre renovada. Eso creía Vicentito y papá decía que Vicentito era imbécil, que las garrapatas eran un parásito que producía enfermedades y que no había forma de que entendiera eso, él iba por ahí con su garrapata bien prendida al antebrazo, cuidándose para no darse un golpe o recargarse de tal manera que atentara contra la estabilidad del bicho. ¿Cómo está tu garrapata, Vicentito?, lo jodían todo el tiempo sus compañeros, pero él sentía que obraba bien, que la razón lo asistía, y a las personas que creen a secas, decía papá, más vale dejarlas creer. Cuando teníamos el elefante reluciente, nos íbamos a poner zapatos y una camisa y pedíamos permiso a mamá para llevarlo al circo, que se instalaba a un kilómetro de la plantación, en un terreno baldío que ellos mismos, payasos, trapecistas y domadores, desbrozaban cada año y que estaba en el camino a Galatea. Salíamos de la plantación tirando del elefante con la cuerda, rodeados por los perros, que formaban una jauría festiva, ladraban y se metían entre las patas del animal, que avanzaba con un paso lento, majestuoso e imperturbable. Procurábamos ir siguiendo la vereda, que el elefante fuera dando pasos en la tierra apisonada, que se metiera lo menos posible a la vegetación, porque, en cuanto lo hacía, arrasaba con ella, destripaba de un pisotón una palmera enana, una morera salvaje, un penacho de aves del paraíso. Las pisadas del elefante dentro de la selva eran explosivas, pisaba un arbusto y las ramas hacían un crujido que repercutía selva adentro y hacía correr a un tejón, o volar a una garza de alas enormes que huía pintando una sombra en el camino. El circo se veía a lo lejos cuando llegábamos a la última curva, donde la vegetación amainaba un poco y se levantaba una casucha en la que recalaban macheteros, mecapaleros y putas a beber guarapo, putas bastas, putas con el sudor corriéndoles por el cuello, putas que abrían mucho la boca para reírse y que se agachaban para que les viéramos las chichis, las aureolas negras, los pezones gordos, cuadrados, putas que en cuanto veían que las estábamos mirando se las arreglaban para separar las piernas, subirse la falda y enseñarnos el pulpejo, la carne mojada y enrojecida que les palpitaba entre las piernas, esas putas, y esos macheteros y mecapaleros bebían guarapo en la casucha, como lo hacían cada mañana, ese día que llevábamos al elefante al circo. ¡Adiós, güeritos!, nos gritaban las putas y los macheteros y los mecapaleros, y un beisbolista retirado y un diputado regional de apellido Madariaga. Todos armaron una gran bulla que el elefante por fortuna ignoró, pasó al lado de la cantina sin hacer caso de los gritos y las majaderías y, sobre todo, de los objetos que empezaron a lanzarle, sin hacer caso de la oposición tajante de las putas, que se paraban enfrente de ellos para exigirles que dejaran en paz al elefante, que era el animal de los güeritos de la plantación, y que ya más de una vez, así de agobiado como estaba por la gente, se había vuelto loco y se había echado a correr y había arramblado con todo lo que tenía delante. ¡No sean pendejos!, gritaban las putas a esos hombres que se carcajeaban mientras le tiraban a nuestro elefante limones, servilletas mojadas, latas de cerveza y una larga serie de inmundicias, incluso un taco de arroz que le dio al elefante en la nuca y le ensució la melenita que con tanto empeño acabábamos de lavarle, para que llegara guapo al circo. ¡Párenle ya, no sean cabrones!, grité, y por el silencio que se hizo supe que no debería haber gritado, por la forma en que me miraron y la manera en que comenzaron a carcajearse, con esa chispa siniestra en los ojos que indicaba que había que largarse, porque éramos los güeritos de la plantación, los invasores, los españolitos de mierda, los putitos ricos a los que había que erradicar de esa selva que no era nuestra, ¡regrésate a España, pinche escuincle maricón!, gritó uno antes de lanzar medio limón que me dio en un ojo, y en seguida el diputado Madariaga, un hombre mal encarado, bigotudo y barrigón, escupió un descomunal gargajo que me cayó en el pelo. Después vino una lluvia de porquerías que mi hermano y yo aguantamos mientras seguíamos nuestro camino al circo, tratando de no alterar el paso para que el elefante no se impacientara, para que no saliera corriendo y causara un estropicio. Más adelante, antes de llegar al circo, nos detuvimos a limpiarnos, a quitarnos las cáscaras y los escupitajos de encima, y limpiamos como pudimos al elefante, me subí a la rama de un árbol para quitarle los limones y las naranjas, y las servilletas mojadas que tenía en el lomo. No llores, le dije a mi hermano, no podemos darles ese gusto a esos desgraciados, no hagas caso y quítate de la ceja esa semilla de naranja.

La gente del circo se escandalizó al vernos llegar así, cabizbajos, manchados y maltrechos, ¿qué pasó?, preguntó Jim el trapecista, muy alarmado y seguido por el domador y por el payaso Cebollita. Yo conté lo que había pasado, el mismo relato de hacía dos años, cuando nos habíamos visto atrapados en una situación parecida pero menos grave, sin tanta saña. Qué gente tan cruel, dijo Jim, que como era gringo aquello le parecía un escándalo, veía en ese episodio una conducta salvaje que había que reprobar, no lo veía con la naturalidad del domador y Cebollita, que se mostraban incluso guasones, bromistas con nuestro aspecto. Eso les pasa por ser tan blanquitos, dijo el payaso y después soltó una carcajada teatral que Jim reprimió inmediatamente, no seas pinche cabrón, le dijo a Cebollita en su español con fuerte acento de California. Jim era de San Diego y había llegado al circo atraído, seguramente, por su nombre en inglés, Circo Frank Brown era el nombre, aunque solo hacía gira en el estado de Veracruz y fuera de Jim, y de la mujer que lanzaba cuchillos, que era checoslovaca, todos eran artistas mexicanos. Nunca supimos por qué se llamaba Frank Brown ese circo que hace cuarenta años aparecía, siempre a tiempo en una fecha específica, por todos los pueblos de Veracruz.

De tanto llevar cada año al elefante nos habíamos hecho amigos de los artistas. Jim nos había contado su vida de joven descarriado en California, de la vez que queriendo seguir al grupo Grateful Dead en una gira por Estados Unidos se despistó y en lugar de ir a Albuquerque, donde la banda tocaría a continuación, llegó a Tijuana, muy drogado, decía, porque de otra forma no podía explicarse cómo había cruzado la frontera mexicana sin darse cuenta, sin percatarse de que para ir a Albuquerque no era necesario salir de Estados Unidos. El caso es que Jim llegó a Tijuana sin documentos de identidad y se enredó con una vendedora de Avon, que iba por todo el país en su automóvil ofreciendo cremas y polvos de colorete. Así fue como había llegado un día a Calcahualco, Veracruz, y había visto en el Circo Frank Brown la oportunidad de ganarse la vida como trapecista, una especialidad que se le ocurrió ahí mismo, pues calculó que para colgarse del trapecio no se necesitaba más que buena vista, buena coordinación muscular y mucho valor, tres cualidades que él tenía. Aquello nos lo había contado hacía algunos años, quizá para matizar lo que nos habían advertido otros artistas del circo, que Jim era un tipo peligroso, un matón gringo que se ocultaba en el circo y que debía tres o cuatro cadáveres. Pero a nosotros no nos impresionaban los cadáveres, alrededor de la plantación era habitual ver cómo dos descamisados, en medio de una gran bulla, se liaban a machetazos hasta que uno mataba al otro y lo dejaba ahí tirado, sangrando profusamente.

Jim era nuestro defensor, y esa mañana que llegamos cabizbajos y maltrechos, insistió en ir a la cantina a poner en su lugar a los macheteros y a los mecapaleros, pero nosotros le pedimos que no lo hiciera, porque sabíamos que si lo hacía, habría represalias en cuanto Jim se fuera, sabíamos que no podríamos volver a pasar cerca de la cantina. ¿Quién te escupió en el pelo?, me preguntó, rojo de ira, con los ojos vidriosos y una vena saltona en el cuello. Tranquilízate, pinche gringo, le decía Cebollita, no es más que un pinche gargajo, argumentaba el domador, que ya veía en la vena saltona de Jim el preámbulo de una trifulca, y sin embargo, y a pesar de los esfuerzos que hacían sus compañeros por disuadirlo de eso que adivinaban que quería hacer, yo dije, fue el diputado Madariaga. ¡Qué hijo de la chingada madre!, gritó Jim con su fuerte acento californiano y después corrió al centro de la pista, subió las escalerillas y comenzó a balancearse de un trapecio al otro con gran maestría.

¡Pero qué les pasó!, gritó una de las chicas que ayudaban al domador y luego soltó una carcajada, al vernos las ropas manchadas, que fue secundada por otros, por todos los que estaban ahí y que veían en la agresión de los macheteros y mecapaleros de la cantina una cosa normal de las que sucedían todo el tiempo en aquella selva.

La checoslovaca de los cuchillos nos llevó a su camerino para quitarnos las manchas con un producto, mientras el domador se llevaba a nuestro elefante, a prepararlo para la función, a ponerle una brida brillante y en el lomo una manta azul con una estrella dorada, para que fuera ataviado igual que los otros. Aquel era el único día en que el elefante convivía con los de su especie, pero al año siguiente, como mis padres se enteraron del episodio con los macheteros y los mecapaleros de la cantina, nos prohibieron llevarlo, y la prohibición nos puso furiosos, nos orilló a gritar una larga protesta, llena de majaderías, que nos costó quedarnos solos y encerrados en la plantación, mientras los demás se iban al circo.

El elefante llevaba años viviendo con nosotros, había escapado del circo y se había quedado entre los perros, las gallinas y los gatos, como uno más de los animales que teníamos en la plantación. Mientras la checoslovaca nos quitaba las manchas de la camisa y de la cara, yo veía con admiración el baúl donde guardaba su instrumental, lo tenía abierto como un armario y dentro colgaban por tamaños los cuchillos, había unos cortitos de batalla, de mango negro, y otros más sofisticados, entre machete y yatagán, con unos mangos de filigrana de marfil. Más allá, en la esquina de su camerino, había una gran madera, con el contorno de un cuerpo dibujado, donde se colocaba su conejillo, como ella misma lo llamaba, para enfrentarse a sus dagas, que salían disparadas a toda velocidad. No hay manera de disolver el gargajo, mejor vamos a cortarlo, dijo la checoslovaca, refiriéndose al escupitajo que yo traía embarrado en el pelo al tiempo que echaba mano de uno de los cuchillitos de mango negro y, antes de que yo pudiera protestar, ya me había cortado un mechón. Mira, no se nota, dijo poniéndome enfrente un espejo, y vi que efectivamente no se notaba nada. ¿Y quién es tu conejillo?, preguntó mi hermano, porque la checoslovaca era una mujer amable y maternal con la que fácilmente se entraba en confianza. A veces mi conejillo es Jim, y otras veces Arturo, el que se encarga de la pastura de los animales, dijo. Ya había terminado de limpiarnos y se había sentado en su tocador y, como veía que nosotros seguíamos ahí, porque no sabíamos muy bien qué hacer mientras preparaban al elefante, se sirvió una copita de una licorera y se bebió un sorbito en lo que nos contaba que una vez había operado a Gumaro, uno de los artistas del circo, con uno de esos cuchillitos de mango negro que con tanta maestría manejaba. Contó la historia de la operación sentada displicentemente frente al espejo de su tocador, mientras nosotros la escuchábamos sentados en dos taburetes de terciopelo rojo, que hacían juego con las cortinas del camerino, que era en realidad la parte trasera de un camioncito destartalado. La checoslovaca contó que Gumaro se había puesto grave antes de llegar a Zongolica, un pueblo que estaba aislado en la sierra, había empezado a quejarse de un dolor intenso de barriga y luego se había quedado traspuesto, como muerto, y ella, que había sido enfermera en el pueblo de Zweniak, en Checoslovaquia, durante la Segunda Guerra Mundial, había detectado, por la forma en que Gumaro se tocaba la ingle, que se trataba de una apendicitis galopante, así que pararon la caravana en mitad de la sierra y la checoslovaca extendió a Gumaro en el suelo de su camerino, aquí mismo donde están ustedes, nos dijo con mucha gravedad en lo que se servía otra copita de la licorera. El caso es que la checoslovaca rajó el vientre de Gumaro con uno de sus cuchillitos de batalla y, mientras Jim y Cebollita lo sujetaban, porque al sentir el filo Gumaro se había despertado y había comenzado a retorcerse y a aullar de dolor, ella, echando mano de sus vivencias como enfermera en Zweniak, había sacado el órgano averiado y lo había cortado de un tajo limpio, como acababa de hacer con mi mechón de pelo, y luego nos contó del lío que había sido parar la hemorragia de Gumaro, pero que, finalmente, logró salvarle la vida porque de no haber intervenido en ese momento, nos dijo mirándonos fijamente, apuntándonos con su maltrecho dedo índice mientras con la otra mano se servía una nueva copita de la licorera, el pobre Gumaro hubiera muerto en la sierra, camino de Zongolica, y hubieran tenido que enterrarlo ahí mismo, porque el calor salvaje no tenía miramientos con los cuerpos muertos y enseguida los descomponía. ¡Gumaro!, ¡Gumaro!, comenzó a gritar la checoslovaca con una voz aguda e insistente que nos mostró otra cara de esa mujer, que hasta entonces nos había parecido solo amable y maternal y que, por la forma en que gritaba, nos pareció que también debía ser impaciente y temible, de armas tomar, que era precisamente lo que ella hacía, tomaba sus cuchillos y los lanzaba con gran pericia a un cuerpo vivo, sin más apoyo que su temple, cogidos con firmeza de la punta entre el pulgar y el índice. Por eso ese índice con el que nos había señalado estaba todo maltrecho, porque lidiaba con el filo de sus armas en cada actuación, cada noche, cada semana y cada año, desde hacía veinticinco, desde 1949 cuando, gracias a una larga y afortunada serie de casualidades, había logrado dejar Zweniak, su pueblo natal, y paso a pasito había llegado al puerto francés de El Havre y con el dinero que había ganado vendiendo su cuerpo, se había subido en un barco con destino a Veracruz. Mi hermano y yo, que contemplábamos con fascinación a esa mujer que no paraba de hablar ni de beber licor de su copita, no entendíamos por supuesto qué era aquello de vender su cuerpo, pero dábamos por buena su explicación porque, con todo y los años que tenía encima, poseía un cuerpo que, cuando menos eso nos parecía, muchos querrían comprar. ¡Gumaro!, ¡Gumaro!, gritó otra vez la checoslovaca, y después nos dijo que le gustaría enseñarnos el competente trutrú con que había cerrado la herida de Gumaro, quería enseñarnos la cicatriz que era la incontestable evidencia de la historia que acababa de contarnos. No sé por qué no viene Gumaro, dijo ligeramente compungida, mientras se servía otra copita de la licorera y, en la maniobra de estirar el brazo y servir el ron dejó al aire, porque el artístico batín de seda purpurina que vestía se abría por delante, un pecho flácido que habría sido generoso y turgente cuando era enfermera en Zweniak, que habría sido incluso el objeto del deseo de sus pacientes soldados, pero, en ese momento de las anécdotas y las copitas, era ya una pieza acarreada por la fuerza de gravedad, un pecho flácido y arrugado que de todas formas me gustó ver, un pecho que seguramente produciría una leche torva, espesa, una leche empantanada que saldría espontáneamente y gota a gota por el vértice del pezón, eso pensé yo cuando lo veía fugazmente, en un abrir y cerrar de la bata purpurina, porque había visto muchas veces a las vacas y a las cabras soltando su leche gota a gota, era aquella una simplificación rural del pecho de aquella mujer cosmopolita, porque yo era un niño del campo que todo lo asociaba a los usos rudimentarios de la selva. Aquí estoy, mi reina, dijo Gumaro, que para nuestra sorpresa era uno de los enanos del circo. ¿Dónde andabas, cabrón?, preguntó la mujer arrastrando las palabras, porque ya había bebido demasiadas copitas y todavía no daban ni las once de la mañana. El enano Gumaro sonrió y no dijo nada y obedeció sin rechistar la orden que le dio la checoslovaca, enséñales la cicatriz a los niños, dijo, y el enano se desabrochó los pantalones, que cayeron inmediatamente al suelo, y dejó al aire no solo la cicatriz, el competente trutrú que había hecho la checoslovaca, sino un miembro descomunal que, al liberarse del tiro del pantalón, se desenrolló hasta tocar el suelo, como si fuera la cola larguísima de un mico de los manglares. No embarres el pito por el suelo que no he pasado la escoba, advirtió la mujer, y el enano se defendió diciendo que su pito estaba habituado a internarse en muy espesos cenagales, y después soltó una carcajada estentórea, abriendo mucho la boca y echando para atrás la cabezota, y mi hermano y yo, que por supuesto no habíamos entendido lo de los muy espesos cenagales, también nos reímos a carcajadas por pura empatía con el enano. Acérquense, nos dijo la checoslovaca señalando la cicatriz que Gumaro tenía en la ingle y que era, efectivamente, un impecable trutrú. Esta mujer me salvó la vida, dijo el enano mientras se subía los pantalones y acomodaba en su nicho su magno miembro. Luego aceptó una copita de ron y nos dijo que Jim le había contado lo que nos habían hecho al pasar por la cantina y que le parecía un episodio vergonzoso y execrable, y que conocía perfectamente al diputado Madariaga, que era una mala persona y que no le extrañaría que algún día alguien le metiera un tiro entre las cejas. No la jodas, Gumaro, no hables de tiros aquí enfrente de los niños, dijo la checoslovaca cada vez más borracha, con un aire maternal, y Gumaro se defendió diciendo que a los niños había que informarlos de todo, hasta de los tiros, para que, llegado el caso, supieran cómo defenderse. Luego, cuando iba ya por la tercera o cuarta copita, nos contó que cada diciembre se prestaba para hacer de niño dios en la pastorela de Potrero Viejo, su pueblo natal, que se metía en el pesebre envuelto en una manta y se dejaba cargar por la Virgen María y desde ahí, desde los mismos brazos de la Virgen, mandaba, con su voz enronquecida, un sofisticado parlamento sobre la estratificación social marxista que desde luego un bebe auténtico sería incapaz de pronunciar. Después de esa anécdota, la checoslovaca nos dijo que era momento de irnos, porque tenía un asunto muy importante que tratar con Gumaro, así que salimos de su camerino e inmediatamente fuimos interceptados por Cebollita, que nos llevó donde estaban acicalando al elefante, detrás de la carpa, con otros tres elefantes mucho más grandes que él. La gente comenzaba a llegar al circo y se metía a ocupar sus asientos, ese día, el Frank Brown hacía, de manera excepcional, una función al mediodía y otra en la tarde, y al día siguiente levantaban la carpa para irse a El Naranjo, un pueblo que estaba al norte de La Portuguesa. Nuestro elefante no hacía nada especial, hacía bulto mientras los otros tres subían un pie a un taburete o cogían agua de una cubeta con la trompa y después disparaban un chorro contra los payasos, que a su vez contraatacaban con unas mangueras que mojaban al público. Eso le encanta a la gente, nos explicaba Jim, que se había quedado ahí con nosotros en lo que le tocaba turno en los trapecios, o en la madera silueteada para que la checoslovaca, que todavía a esas alturas de la función bebía copitas con Gumaro, le tirara su batería de cuchillos. Al público del circo le encanta participar y nada como un buen chorro de agua para sentirse partícipes, nos decía Jim en voz baja y cubriéndose la boca con una mano, como si estuviera revelándonos el gran secreto. La actuación de nuestro elefante era de una pasividad escandalosa, se limitaba a estar ahí, a ocupar su espacio, incluso cuando los otros tres hicieron mutis y vino el turno de los trapecistas él se quedó ahí, con su elegante vestimenta, viéndolo todo o quizá no viendo nada, en cualquier caso haciendo lo mismo que haría durante una tarde ociosa en nuestro jardín.

Casi al final de la función vino la dama de los cuchillos, la checoslovaca, que ya se había puesto unos mallones negros, muy pegados, y una blusa roja y brillante que le exaltaba los pechos, se los ponía turgentes, al grado de que algunos caballeros mostraron ruidosamente desde las butacas su admiración por las mamolas de la checoslovaca, por esas mismas que antes de la función yo había asociado con un tubérculo contrahecho, maltrecho por los rigores del invierno. Jim, que venía de hacer unas llamativas cabriolas en los trapecios, se colocó en la silueta para que la checoslovaca disparara sus cuchillos, con una furia y una sangre fría que estaban en franca contradicción con su vena tierna y maternal. No falló ni un tiro, le metió a Jim cuchillos debajo de las orejas, a un milímetro del cuello, en la entrepierna y entre los dedos, con una velocidad y una precisión asombrosas. La única vez que ha fallado, nos contó Jim cuando nos acompañaba de regreso a la plantación, para que no volviéramos a pasar solos frente a la cantina, fue cuando le dio por dejar la bebida, el pulso le temblaba, se le desafinaron los ojos y me clavó un cuchillo en el antebrazo. Después de eso, nos contó Jim, le pedimos que, por el bien de todos, volviera a beber.

Cuando pasábamos frente a la cantina la presencia de Jim, que era un californiano fornido de casi dos metros de estatura, inhibió los gritos que nos tenían preparados, y los proyectiles y los escupitajos que pensaban lanzarnos. En cuanto vieron que veníamos con él se hizo un silencio que Jim agudizó con una mirada que parecía decir: al que grite algo, tosa o respire demasiado fuerte le saco el corazón con mis propias manos.

Algo habían oído ya mi padre y el caporal cuando llegamos a La Portuguesa, algo les había dicho un trabajador que estaba en la cantina cuando habíamos sufrido el acoso. Jim contó lo que le habíamos dicho y justificó su presencia diciendo que no podía dejarnos marchar solos con el elefante después de lo que había pasado en la mañana, y decía todo eso con esa misma rabia que le disparaba una vena en el cuello y que le habíamos visto al llegar al circo, todos maltrechos y llenos de manchones de fruta y escupitajos. Era una rabia que daba miedo, una fuerza sorda que absorbía toda la luz. Luego mi padre le ofreció un whisky y se quedó ahí, charlando con él y con el señor Bages hasta que llegó Rosarito, una niña que trabajaba en casa y que tenía un talento especial. Mi hermano había ido a avisarle, a decirle que estaba ahí uno de los artistas del circo y que era el momento de presentar ese número que hacía todo el tiempo para divertirse, que era la oportunidad de sacarle provecho a ese raro don. Rosarito ejecutó con mucha seriedad su número, hasta que empezó a hacerse demasiado largo y Jim dijo que ya había visto suficiente, que hablaría de ella con sus compañeros, y luego anunció que se iba porque se acercaba la hora de la siguiente función y tenía que prepararse. Pero antes, mientras bebía su vaso de whisky, había contado a mi padre y al señor Bages de su infancia en California y de su romance con la vendedora de Avon, y también había hablado de su oficio de trapecista, de su adicción a la adrenalina que le proporcionaban los saltos de gato, o de murciélago, de un trapecio a otro, y además había hecho un elogio del talento y de la sangre fría de la dama de los cuchillos y, cuando se estaba refiriendo a ella, tuve la impresión de que estaba enamorado, y ese dato que imaginé entonces me sirvió para entender por qué un hombre como Jim era capaz de exponerse así al filo de los cuchillos que le lanzaba cada tarde esa mujer. Quizá, ahora que lo pienso, el amor es precisamente eso: resistir, cada tarde, los cuchillos que te lanza una mujer.

Cuando se fue Jim cada quien regresó a sus cosas, no se volvió a hablar del incidente en la cantina, ni siquiera con mamá, que nos había visto llegar con las ropas manchadas a pesar de los esfuerzos que había hecho la checoslovaca para limpiarlas. No se habló del incidente hasta un año después, cuando nos prohibieron ir al circo y nos dejaron encerrados en la plantación. No se habló, supongo, para mantener el episodio en la bruma, al margen de nuestra vida, porque hablarlo hubiera sido concederle la existencia, aceptar que, a pesar de que éramos los privilegiados de la plantación, vivíamos en un mundo hostil donde todos querían arrancarnos la cabeza, por eso más valía ignorar el incidente, hacer como si no hubiera existido. No se habló más pero sí hubo un epílogo, un eco. Al día siguiente nos levantamos temprano para ver, desde la loma, cómo se iba la caravana del circo. Pasaron toda la noche desmontando la carpa y al salir el sol cargaron todo en los camiones. Hasta la punta de la loma, que estaba dentro de la plantación, llegaba el sonido de los golpes de marro con que desarticulaban los últimos tubos y desenterraban las enormes alcayatas que fijaban la carpa a la tierra. El circo se iba rumbo a El Naranjo y no volvería hasta el año siguiente y aquello nos producía una enorme nostalgia. Oímos la puesta en marcha del motor de los camiones y vimos irse a la caravana hasta que la perdimos de vista. Todavía permanecí un rato en la loma por si volvía algún camión. Después me fui a caminar por la selva con el perro, por una ruta que hacía con frecuencia solo, tiraba piedras a los pájaros y me bañaba en un ojo de agua que estaba cubierto por la maleza, era una poza alimentada por el caudal del río que corría cerca y que atravesaba de lado a lado la plantación. Tenía prohibido hacer esos paseos sin el perro, sin el Gos no vas a ningún sitio, decía papá, y yo siempre obedecía, me iba a caminar con el Gos, que era el único perro, de todos los que había en la plantación, que me seguía siempre. Mientras me bañaba en la poza pensaba en Jim y sobre todo en la checoslovaca, en su camioncito destartalado y en la vida que llevaba, viajando de un pueblo a otro. También pensaba en lo buena que había sido con nosotros, en el tiempo que se había tomado para intentar limpiarnos las ropas y para cortarme el mechón de pelo.

Salí de la poza y, con el perro por delante, caminé hasta el río, a esas horas la selva era un hervidero de insectos, un escándalo que celebraba el frescor de la mañana y que, una hora más tarde, sería silenciado por el sol, cuando estuviera más alto y cayera más a plomo. Me senté en una piedra a ver pasar la corriente de agua, un agua espesa y verdosa que bajaba del volcán y que iba ganando calado hasta que, varios kilómetros más allá, desembocaba en el mar. Cuando estaba a punto de regresar a casa, porque calculé que ya debían estar buscándome para el desayuno, vi que a lo lejos se aproximaba un bulto flotando en la corriente del río, un tronco, o una vaca, como pasaba a veces, sobre todo después de una tormenta fuerte, de esas que desgajaban las laderas del volcán y en el lodazal que producían iba con frecuencia un animal que terminaba ahogado y que se iba flotando hasta que llegaba al mar. Primero pensé que era eso, pero conforme se fue acercando vi que era una persona, un muerto que venía flotando en la corriente del río. El perro empezó a ladrar y yo me puse de pie, se acercaba a la velocidad pausada de la corriente, con la cabeza apuntando hacia el mar, era un hombre de bigote, barrigón, llevaba un rictus de sorpresa en la cara y una gran mancha de sangre a la altura del corazón que se extendía alrededor de un puñal, de uno de los cuchillos de mango negro que con tanta pericia manejaba la checoslovaca, y en cuanto el cadáver pasó navegando a la altura de mis pies reconocí su cara, era el diputado Madariaga.

El poeta

Llegó el fumigador y el poeta seguía dormido. La noche anterior habíamos estado hablando hasta las diez. También habíamos bebido un par de tragos, tres como mucho, en todo caso una cantidad insuficiente para que siguiera dormido a las nueve y media de la mañana. Además, antes de despedirnos, le había reiterado que venía el fumigador y que él tenía que salirse temprano para que ese hombre que venía desde el Distrito Federal, y con el que tanto esfuerzo me había costado fijar una fecha, terminara de una vez con los roedores que llevaban meses comiéndose los archivos de la plantación. Cada vez era más frecuente que, a la hora de buscar una factura, un contrato o un pagaré, encontrara los documentos mordidos por las esquinas. Si no actuamos pronto, esos cabrones van a dejarlo sin papeles, me había dicho por teléfono el dueño de la fumigadora. A pesar de su advertencia había tardado más de cinco meses en enviar a su empleado, escudándose en una larga serie de pretextos que iban de las más de cinco horas de carretera que separaban la capital de la plantación, a la entrada de un frente lluvioso que vaticinaba una espesa niebla en la parte montañosa del camino. Al final había tenido que pagar, además de la cantidad desproporcionada que cobraba la empresa por ese servicio en la provincia, los viáticos del fumigador y una habitación de hotel en Galatea, para que pasara la noche. Por eso era imperativo que el poeta dejara el campo libre, que saliera de la recámara que tenía yo detrás de la oficina para que ese hombre, que con tantos trabajos había llegado de la capital, pudiera entrar a rociarlo todo con sus cañones de humo venenoso. Contra los roedores lo habíamos intentado todo, ratoneras clásicas y otras trampas alternativas, más los remedios salvajes que proponía el caporal y los vistosos conjuros de la chamana, y hasta unas bolitas supuestamente infalibles, receta del chino Fu, que nos habían matado un perro y ningún roedor. El poeta venía de Alvarado y era, sin duda, el más notable de Veracruz. Su trabajo aparecía en las revistas más importantes del país y se decía, cosa que él ni afirmaba ni negaba, que una editorial española estaba interesada en publicar su poesía completa. Con esa aura había llegado el poeta a Galatea, a leer sus poemas en el Siboney, una cafetería de pretensiones culturales que llevaba un exiliado español que nunca había regresado a su país. Yo conocía al poeta desde que éramos niños, su padre y el mío habían hecho negocios, los dos eran productores de café, y durante una época nuestras familias habían convivido con cierta intensidad, ellos venían a La Portuguesa o nosotros íbamos a Alvarado, a una casona que tenían en la orilla de una laguna. De manera que cuando el dueño del Siboney lo invitó a leer sus poemas, el poeta llamó para pedirme hospedaje, porque la invitación no iba más allá de la lectura y del par de cervezas que bebería para entonarse. Así podemos ponernos al día, me dijo, y yo lo invité a que se quedara un poco más, para aprovechar el fin de semana, si le apetecía. La verdad es que nunca nos habíamos separado del todo, de vez en cuando hablábamos por teléfono y en varias ocasiones habíamos coincidido en alguna reunión con el gobernador o con el líder del sindicato de trabajadores del café. Además yo le iba siguiendo el rastro, mandaba pedir sus poemarios a una librería de México, y ocasionalmente me enteraba de sus éxitos en el periódico. Lo fui a recibir a la estación del tren, lo llevé a comer unos langostinos de los que alguna vez le había contado, y después del café fuimos juntos al Siboney, donde ya lo esperaba un modesto grupo de lectores, encabezado por el radiante propietario, que consideraba, según dijo ahí mismo, que la presencia de un poeta tan importante situaría a Galatea, y desde luego al Siboney, en el mapa literario de la provincia mexicana. Era viernes y el poeta se quedó todo el fin de semana en esa recámara que tengo en mi oficina para eso, para recibir gente que viene de visita y que se siente más cómoda en esa habitación independiente que en alguna de las que tenemos dentro de la casa. De hecho, si no hubiera ido precisamente a fumigar la oficina, habría hospedado ahí al fumigador, en lugar de pagarle el hotel en Galatea. A lo largo de tres noches el poeta y yo nos dedicamos a conversar, a contarnos cosas y a prometernos que teníamos que reanudar nuestra amistad, vernos con más frecuencia. Durante el día se iba por ahí, a montar a caballo, a husmear en busca de inspiración por las calles terregosas del pueblo, a buscar versos sueltos en la cantina, ese hábito que es el motor de los poetas y que hubiera podido hacer pensar a alguien que se trataba de un vago, de un huevón bueno para nada, y no de un artista que va errando en busca de la luz. Mientras él buscaba la luz yo hacía mi rutina normal en la plantación, revisaba los gastos con el caporal, poníamos a punto los envíos y las citas con los proveedores a los que debíamos ver el lunes, quiero decir que mi trabajo en la plantación, aun cuando fuera fin de semana, me absorbía de tal modo que no reparé en que el poeta se despertaba escandalosamente tarde, cerca de la una, cuando ya los trabajadores de la plantación habían cumplido media jornada, y yo ya había comido algo y sesteaba en un sillón antes de regresar al trabajo. No me di cuenta, ni por supuesto lo sabía, que el poeta dormía tanto, pero el caporal sí lo había advertido y no me había dicho nada, quizá porque pensaba que al ser mi amigo debía yo conocerle las costumbres, o porque le parecía una cosa irrelevante, al final qué más daba que el poeta durmiera todo el día, si estaba solo en su habitación y no molestaba a nadie. Pero al estar ahí, frente al poeta dormido, con el fumigador cargando su sofisticado equipo y bufando a nuestras espaldas, me hubiera gustado haber sabido a tiempo de sus largos sueños, porque hubiera puesto más énfasis en mi petición de la noche anterior: mañana es lunes y necesitamos fumigar temprano la oficina y la recámara donde duermes, así que sobre las nueve deberías estar fuera, o si no duerme en la casa, ahí puedes quedarte cuanto quieras, le había dicho, y él me había respondido, no te preocupes que a las nueve en punto estaré de pie y con rumbo a Alvarado, tengo un montón de cosas que hacer y quisiera llegar antes de la comida. Como el poeta no despertaba, y yo no quería que el fumigador comenzara a impacientarse, entré discretamente a la recámara, que estaba oscura y con esa atmósfera espesa que escapa de los cuerpos cuando duermen. El caporal me miraba intrigado desde afuera, desde mi oficina, y el fumigador, con sus dos mangueras empuñadas, que iban conectadas a un cilindro rojo lleno de raticida, esperaba con una tensión muy palpable el momento de disparar su humareda letal. Su figura amenazante y estrambótica al lado de mi escritorio me hizo sentir la urgencia de que el poeta se levantara rápido y se fuera, para poder librarme cuanto antes del señor de las mangueras.

Poeta, buenos días, susurré, y después carraspeé antes de repetir la fórmula, ahora con voz normal. Con la luz que entraba de la oficina, lograba ver el cuerpo inmóvil de mi amigo, durmiendo plácidamente con las mantas a la altura de la oreja. Quizá no lo oye porque tiene la manta en la oreja, dijo el caporal asomando la cabeza a la recámara. Su apreciación me pareció una tontería y sin embargo me acerqué y quité la manta y de paso comprobé que respirara, porque de pronto me había asaltado el terror de que se hubiera quedado muerto en la noche, y a ver cómo iba yo a explicar la muerte, en mi oficina, de esa gloria nacional de la poesía. Pero el poeta practicaba una respiración profunda, que le venía del quinto sueño. Poeta, despierta, le dije y le toqué un hombro, y al ver que no respondía, lo sacudí, primero con suavidad, y después, al ver que seguía sin reaccionar, con una energía que se acercaba a la violencia. Abrí las ventanas y los postigos y la habitación se iluminó de golpe, de una forma que invitaba a pensar que el poeta despertaría inmediatamente, pero no fue así. Y si le echamos agua, sugirió el fumigador, que seguía sosteniendo, cada vez más impaciente, las mangueras. Pedí al caporal que diera de desayunar al fumigador en lo que pensaba una estrategia, que no era otra que llamar a la mujer del poeta, a quien no conocía, para pedirle alguna orientación. La mujer me dijo que despertar a su marido era prioritario porque tenía que estar en

Alvarado antes de la hora de la comida, si es que era posible, porque el poeta tenía el sueño muy profundo, profundo a niveles catatónicos, dijo textualmente, y si la situación era esa no había nada que hacer, solo esperar a que buenamente se despertara pero, como la cita del mediodía era inaplazable, me pedía que lo subiera, dormido como estaba, en el tren de las diez y cuarto. ¿Que lo suba dormido al tren?, pregunté, incrédulo, y la mujer, después de disculparse por las molestias que su marido estaba causando, me suplicó que lo subiera, como fuera, al tren de las diez y cuarto, y después colgó el teléfono. No había alcanzado ni a explicarle que mi urgencia se debía a que el fumigador tenía que entrar a hacer su trabajo, y lamenté mucho la coincidencia de los dos eventos porque, sin el fumigador, el poeta hubiera dormido tranquilamente hasta las cinco de la tarde. Todavía sin digerir lo que acababa de decirme la mujer, fui a pedirle al caporal que acercara la camioneta al bungaló para que entre los dos cargáramos al poeta dormido y lo lleváramos a la estación. ¿Dormido?, preguntó el caporal con una incredulidad del calibre de la mía, mientras el fumigador, que tenía una taza de café con leche en la mano, sonreía, no sé si por la rareza de la situación o porque finalmente íbamos a despejarle su espacio de trabajo, y él iba a poder disparar sus mangueras. En lo que el caporal iba por la camioneta, entré a la recámara a hacer un último intento. Lo sacudí con verdadera violencia, traté de incorporarlo por la fuerza en la cama y le di un par de bofetadas que le dejaron coloradas las mejillas. Todo fue inútil, el poeta siguió dormido y yo entendí que no tenía más remedio que enfrentar esa situación, que comenzaba por ponerle los pantalones, porque no podía mandarlo a Alvarado en calzoncillos. Con mucho esfuerzo, moviendo su cuerpo de un lado a otro y tirando estratégicamente de la prenda, logré ponerle los pantalones que había dejado en una silla la noche anterior. Después el caporal, que ya había acercado la camioneta, me ayudó a terminar de vestirlo. Luego lo peinamos con agua, le atusamos el bigote y juntamos en la pequeña maleta que llevaba sus objetos personales, una colonia, sus bártulos para afeitarse y las cuartillas arrugadas que había leído en el Siboney. Lo depositamos en una manta que el caporal había dispuesto en la parte de atrás de la camioneta. Llegando a la estación tuvimos que abrirnos paso entre la gente, el caporal delante, sujetando al poeta por los pies, y yo detrás, por las axilas, buscábamos un vagón donde hubiera espacio suficiente para un hombre horizontal. Tuvimos que sobornar al encargado que, con toda razón, no quería admitir un pasajero dormido. El único lugar que tengo es este, nos dijo señalando un espacio largo, que estaba al final del vagón y que normalmente ocupaban las maletas. Lo acomodamos lo mejor que pudimos y, después de decirle al encargado que la mujer del poeta recogería el cuerpo en cuanto llegara a su destino, esperamos los cinco minutos que faltaban para que saliera el tren sin decir nada, mirando fijamente el vagón donde dormía mi amigo. Luego la máquina pitó y, en cuanto comenzó a avanzar, echó una gran humareda negra.

El forajido

Entré a la bodega siguiendo al perro. Iba detrás de algo, estaba seguro. Aunque papá, cada vez que podía, banalizaba mi comunicación con el animal, me decía que los perros iban siempre detrás de algo. Un perro es eso: una nariz detrás de algo, y luego se quedaba en silencio, esperando una réplica que yo no estaba dispuesto a hacer. La bodega era una nave húmeda y oscura, de techo muy alto, llena de costales de café apilados que desprendían un olor agrio y formaban un sistema de pasillos por donde circulaban los jornaleros. Había una grúa amarilla que era capaz de cargar diez o doce costales a la vez. Pero a esas horas la bodega estaba desierta, los jornaleros habían salido a comer y el brazo de la grúa, que se asomaba entre los costales, se había quedado inmóvil, apuntando hacia arriba, como si lo hubieran desenchufado justo cuando iba a lanzarse a agarrar su siguiente presa. El perro fue directamente a un pasillo y lo recorrió olisqueando la hilera de costales, metía el hocico entre los huecos, pero sin distraerse de su rumbo que era siempre hacia adelante, hacia la zona donde ya no había luz porque no alcanzaba a llegar la que entraba por el portón. Yo iba siguiendo al perro y no había tomado la precaución de encender las lámparas, no calculé que iba a irse hasta el fondo, no lo había hecho nunca. Pero a esas horas estábamos solos en la bodega y quizá, es lo que pensé entonces, la soledad lo animaba a explorar esa zona que normalmente no le interesaba. En cuanto llegamos al fondo, el perro comenzó a mover la cola y a olisquear los costales en un punto específico. Pronto empezó a gruñir como si hubiera dado con una rata. Yo trataba de distinguir a qué le gruñía, a cierta distancia por si era un animal más grande. Cuando logré habituarme a la oscuridad comencé a ver, con un miedo asfixiante, una bota, un torso y un ojo que me miraba fijamente. Era un hombre oculto entre los costales que trataba de quitarse al perro de encima, mientras me hablaba con una voz casi inaudible. Decía que no quería hacerme daño, que estaba ahí descansando un poco, y lo decía en voz muy baja mientras yo empezaba a ver que tenía desgarrado el pantalón, como si se hubiera enganchado en una rama, y que en un brazo, a la altura del bíceps, llevaba un torniquete lleno de sangre. Me quedé a escucharlo, aunque lo normal hubiera sido salir corriendo a decírselo a papá, a decirle que había un hombre herido escondido en la bodega, entre los costales de café. Pero en lugar de salir corriendo me quedé ahí, petrificado, mientras él me decía que necesitaba agua, y un poco de comida, y que en cuanto se sintiera mejor se iría pacíficamente, sin hacer ningún estropicio ni causar molestia alguna. Pasé del miedo a sentir compasión por ese hombre, en el ojo que podía verle, casi velado por la penumbra, se adivinaba que decía la verdad. No sé por qué sentía compasión por ese extraño al que ni siquiera podía mirar bien, pero el caso es que prometí que le llevaría comida, en la noche, cuando los jornaleros se hubieran ido, y también una manta, porque era enero y en la selva, de madrugada, soplaba el viento del norte que se espesaba con la humedad y helaba los huesos.

Durante la cena se habló de un hombre que en la mañana había tenido un enfrentamiento a tiros con el ejército, y que debía estar escondido en alguno de los ranchos de alrededor de Galatea. Cenábamos todos en una mesa larga, papá en la cabecera, y cerca de él, alguno de los socios de la plantación, o su hermano, o a veces el dueño de las tierras vecinas o el cura. Siempre había invitados a la hora de la cena, que llegaban en la tarde a beber el aperitivo y luego se quedaban a seguir conversando y a comer algo, y esa noche no era la excepción. Lo del forajido lo contó el dueño de El Borrego, una tienda de ultramarinos que estaba en Galatea, que, según me había dicho papá, nos compraba una docena de costales de café cada semana, y lo menos que podemos hacer nosotros, había añadido, es invitarlo a cenar. El dueño de El Borrego había visto el tiroteo enfrente de su tienda y después la noticia se había propagado a gran velocidad, porque el caporal, que estaba también en la mesa esperando turno para consultarle un par de cosas a papá, ya estaba enterado del suceso desde el mediodía. ¿Y será peligroso?, preguntó mi tío. Todos los forajidos son peligrosos, respondió el señor Bages, y nadie agregó nada más. Se pasó a otro tema como si lo del forajido fuera una historia llegada del extranjero. Yo cenaba con mis hermanos y las nanas y mi tía Rebeca en el otro extremo de la mesa, y la noticia me dejó sumamente inquieto. Ese hombre que huía de la ley podía ser el mismo que se escondía en el fondo de la bodega, pero no estaba seguro y consideré que lo mejor era callarme. Más tarde, cuando los invitados se habían ido y el resto se había retirado a sus habitaciones, cogí una olla de agua de la cocina, me metí un pan al bolsillo y me eché una manta al cuello. Ayudándome con una linterna y acompañado por el perro me dirigí a la bodega. Quité la tranca del portón y en cuanto lo abrí produjo un ruido roto que salió como una estampida y se perdió entre las matas, se fue disgregando en ecos sucesivos hasta su desaparición. Juré que el caporal lo había oído y que pronto estaría ahí, preguntándome por la olla y por la manta. Pero el ruido de la puerta no despertó a nadie, las casas no estaban tan cerca y en el trayecto hasta la bodega había un tramo de vegetación muy cerrada que seguramente absorbía cualquier ruido, incluso el de aquella estampida. Entré con la manta en los hombros y en las manos la linterna y la olla de agua. El perro, que iba delante, entraba y salía del haz de luz que yo proyectaba en el suelo. Iba olisqueando los costales que se amontonaban de un lado y otro del pasillo, pero igual que había pasado al mediodía llevaba el rumbo fijo hacia el fondo de la bodega. Aquí estoy, dijo el forajido en cuanto me acerqué, y sacó una mano para que le diera el pan y el agua. Solo alcanzaba a verle la cara y el brazo, y los ojos que me miraban con desesperación, con agradecimiento por esas cosas que le llevaba pero sobre todo con desesperación, quizá porque su único contacto con el mundo eran un niño y un perro y eso, supongo, debía ser muy poca cosa para ese hombre malherido. Le he traído esta manta para el frío, le dije, y enseguida pensé que no había forma de que tuviera frío, apretujado como estaba entre los costales de café. No me dijo nada, solo me miró otra vez con la misma desesperación y, sin hacer caso de la manta que le había dejado ahí, se incorporó un poco para beber un sorbo de agua. Luego regresó a su posición, cerró los ojos y se quedó como dormido. Yo decidí que permanecería un rato ahí, por si necesitaba algo, pero al cabo de unos minutos tuve la sensación de que el forajido quería estar solo y de que mi presencia ahí lo molestaba, o quizá temía que la luz de la lámpara llamara la atención de alguien y que lo denunciaran y lo entregaran al ejército. Así que recogí la manta y me fui.

En la cama pensé obsesivamente en todo lo que había pasado ese día. No quedaba claro que ese hombre que estaba oculto en la bodega fuera el forajido del que se había hablado en la cena. Quizá no era él y yo podía habérselo contado a papá, o al caporal, para que lo ayudaran. Pero si no era un forajido, ¿por qué se escondía? A media noche me despertaron los gritos del caporal. ¡Patrón!, ¡patrón!, ¡despierte, por favor!, gritaba dentro de la casa, desde el pasillo, casi al lado de mi puerta. Luego oí una trifulca, mamá y papá hablando también a gritos. Afuera los perros habían armado una escandalera que no me dejaba oír lo que decían. Me asomé al cuarto de mis padres y de una sola mirada entendí lo que pasaba. El caporal tenía las manos en la nuca y un hombre muy alto lo encañonaba con una escopeta. Mamá estaba contra la pared mientras papá trataba de enterarse de lo que sucedía. Preguntaba el motivo de aquella irrupción, y también amenazaba con llamar al coronel Arizpe. Mamá estaba en camisón y papá en calzoncillos, y eso hacía que se vieran muy vulnerables ante el hombre que encañonaba al caporal. Era el hombre al que había visto entre los costales de café, tenía el pantalón desgarrado y el torniquete manchado de sangre en el brazo. Su mirada ya no era de desesperación, daba miedo y se adivinaba que era capaz de cualquier cosa. Con una voz que nada tenía que ver con aquella con la que me había hablado a mí, pidió a papá que le diera dinero y un vehículo para irse lejos. Después dijo que si no le daban rápido lo que había pedido, mataría al caporal ahí mismo, delante de sus ojos, y al terminar de decir esto levantó la escopeta y lo golpeó brutalmente con la culata en la cabeza. El ruido que hizo el golpe me llevó a pensar que lo había matado, fue un crujido seco y luego el caporal cayó al suelo, golpeó el mosaico con la cabeza y lo salpicó de sangre. ¡Es usted un salvaje!, gritó mamá, y corrió a ayudar al caporal mientras papá gritaba que no se moviera, que no se acercara y, en lo que gritaba esto me miraba a mí, incrédulo, consciente de que mi presencia iba a complicar la situación. El forajido no me había visto todavía, yo estaba medio oculto detrás del ropero, cerca de la puerta. Mamá no alcanzó a llegar donde estaba tirado el caporal, el hombre le cerró el paso y luego, para desesperación de papá, que seguía inmóvil junto a la cama, la cogió brutalmente del pelo y tiró hasta que mamá quedó arqueada hacia atrás, a merced de ese hombre que era muy alto, mucho más de lo que parecía cuando estaba escondido entre los costales. ¡No le haga daño!, gritó papá, ¡voy a darle lo que pide! Los perros no dejaban de ladrar y afuera del cuarto se oía que alguien más se había levantado, quizá mi hermano, o Rebeca, o alguna de las nanas. Papá dijo que había dinero en el cajón y que la camioneta que estaba afuera tenía las llaves debajo del asiento, que podía llevársela. El caporal seguía inmóvil en el suelo y alrededor de su cabeza, sobre el mosaico, crecía una mancha oscura de sangre. Mamá soportaba la situación en silencio, miraba obstinadamente al suelo para no encontrarse con los ojos del hombre que la tenía atrapada. Papá abrió el cajón y puso un rollo de billetes encima de la cama. El forajido le dijo que le pusiera el dinero en el bolsillo, con cuidado y sin intentar nada más, porque, de lo contrario, mataría a mamá ahí mismo, delante de sus ojos. Papá obedeció. El hombre parecía complacido con la cantidad de billetes. Regrese junto a la cama, le dijo a papá, y después, sin soltar a mamá del pelo, la miró con atención, le acercó mucho la cara y le puso el cañón de la escopeta en la garganta. ¡No le haga daño, ya le he dado lo que quería!, gritó papá. Los perros afuera ladraban cada vez con más rabia y yo me preguntaba si nadie los oía, si nadie pensaba que debía estar pasando algo en nuestra casa. Sin dejar de encañonar a mamá, el forajido le puso la mano entre las piernas, levantó el camisón y comenzó a tocarla, a meterle los dedos, como si estuviera buscando al tanteo algo que se le hubiera perdido. Mamá miraba hacia arriba, ni se movía ni emitía ningún sonido, solo la delataba una gruesa hilera de lágrimas que caía de su ojo derecho. Antes de irse, el forajido miró un instante al caporal, que seguía tirado e inmóvil en el suelo, con un gran charco de sangre alrededor de la cabeza. Si salen de aquí antes de una hora mato al niño, dijo, e inmediatamente después me agarró del cuello y me llevó con él a la camioneta. No supe cuándo se había dado cuenta de que yo estaba ahí, agazapado detrás del ropero. Recorrimos la casa a oscuras, me subió a la camioneta de un empujón y luego se subió él y se puso a tentar debajo del asiento hasta que encontró las llaves. No me dirigía ni una mirada, no sé si porque me consideraba un elemento inocuo, incapaz de hacerle daño, o porque no quería enfrentarse con quien, hacía apenas unas horas, lo había ayudado. Ni siquiera estoy seguro de que supiera que yo era el mismo niño que le había llevado pan y agua hasta su escondite entre los costales. Pero yo sí sabía que él era el forajido y me arrepentía de no haberlo denunciado, porque mi ingenuidad la habían pagado mamá y papá, y el pobre caporal, pero sobre todo mamá, que había sido vejada enfrente de nosotros. Salimos de la plantación y tomamos el camino hacia El Naranjo. El hombre conducía con mucha concentración, se veía que no estaba muy habituado porque la camioneta se tironeaba, e incluso llegaba a apagarse el motor. En una curva golpeó algo que había en el suelo y el motor se apagó definitivamente. Ya no quiso volver a prender y durante un buen rato, en lo que intentaba una y otra vez poner en marcha la camioneta, el forajido dejó su escopeta desatendida en el asiento. Lleno de angustia estudié la posibilidad de agarrarla y vaciársela en el estómago. Era lo que merecía por lo que le había hecho a mamá. Dispararle a quemarropa era lo único que hubiera podido liberarme de la culpa que me atormentaba. Pero no lo hice. Cuando se convenció de que el motor no arrancaría más, cogió la escopeta y, sin decir nada ni dedicarme ni un gesto, ni una mirada, desapareció entre la maleza. Yo no sabía qué hacer, la luz de los faros que alumbraban el camino fue menguando y unos minutos más tarde se apagó completamente. Me eché a andar de regreso a La Portuguesa, la oscuridad era total, no había luna, sabía que el camino era peligroso, que estaba lleno de depredadores, y pensé que la única forma de liberarme de la culpa que me atormentaba era que un animal acabara conmigo. Al cabo de veinte minutos vi las luces de la plantación. ¡Aquí está!, gritó mamá en cuanto crucé la puerta, y se echó a correr para abrazarme. Más tarde en la cocina, mientras papá preparaba una jarra de café, no aguanté más y les conté del hombre al que había visto escondido en la bodega. Les dije que si en vez de callar hubiera hablado, nada les habría pasado ni a mamá ni al caporal. Les dije que mi culpa era tan grande que, mientras caminaba de regreso a casa, había deseado que me devorara un animal. Papá me dijo que no podíamos estar seguros de que se tratara del mismo hombre, y mamá añadió que en realidad ese hombre no le había hecho nada y que, en todo caso, le había ido mucho mejor que al pobre caporal.

Al día siguiente estábamos desayunando en la mesa cuando llegó el coronel Arizpe, la máxima autoridad militar que había en la región. Llegó acompañado de dos soldados que se quedaron a esperarlo a bordo del jeep. Se veía que tenía prisa pero tuvo la cortesía de aceptar el café que le ofreció mamá. Traigo buenas noticias, dijo. Hemos capturado al forajido cerca de Las Brujas, dijo. Y antes de entregarlo quisiera saber si desea usted hacerle una visita, añadió. Después bebió un sorbo de café. Papá miró largamente a mamá antes de aceptar el ofrecimiento. Le aseguro que ese desgraciado no volverá por aquí, anunció el coronel mirando a mamá, y luego se levantó de la mesa e invitó a papá a seguirlo. Papá desapareció un momento y regresó con el revólver colgando del cinturón. Luego se subieron los dos al jeep y se fueron rumbo a Galatea. Mamá se quedó nerviosa, yo lo sabía aunque ella trataba de disimularlo, revisaba la despensa, anotaba cosas en su libreta y daba instrucciones a doña Julia sobre la forma de preparar el conejo que había para comer. Actuaba como si no hubiera pasado nada. Nadie más sabía en la casa la gravedad de lo que había ocurrido.

Nunca se volvió a hablar del asunto y el episodio se fue diluyendo con el tiempo, como acaban diluyéndose todas las historias. Años más tarde, cuando papá ya había regresado a España y yo llevaba el negocio de La Portuguesa, le pregunté sobre aquella mañana, cuando se había ido en el jeep con el coronel Arizpe. Es una imagen con la que sigo soñando, dije, te veo a ti acomodándote la pistola en el pantalón, y luego yéndote en el jeep con el coronel, los dos en el asiento de atrás, los veo salir de la plantación hasta que se pierden de vista. Estábamos en el comedor de su casa, en Barcelona, mamá había muerto hacía tres años y él pasaba los días bebiendo whisky y añorando su vida en la plantación. Yo le decía con frecuencia, por teléfono, que regresara, que ahí seguían su habitación y su cama, pero él argumentaba que todo aquello se había muerto con mamá, que sin ella no tenía sentido regresar. No veo por qué voy a regresar si lo que quiero es irme ya, decía. Así que yo volaba a Barcelona dos veces al año para verlo, y para contarle lo que pasaba con esa plantación en ultramar que él mismo había fundado en 1941. Cuando le pregunté por aquella mañana del jeep, tenía entre los dedos uno de los puros de San Juan de los Aerolitos que le había llevado. El humo subía en una columna sólida que luego se expandía en un nubarrón encima de su cabeza. Qué es lo que quieres saber, me preguntó molesto, con cierta dureza. Quiero saber qué pasó con aquel hombre, si le hiciste algo, o si se lo hizo el coronel Arizpe en tu presencia, dije. Papá dejó el puro en el cenicero y, mientras se servía otro vaso de whisky, me dijo: yo también sigo soñando con lo que pasó aquella mañana, todavía me despierto a media noche, sin aliento, lo recuerdo como si hubiera pasado ayer, dijo, y luego se quedó en silencio.

Los cocodrilos

Los cocodrilos venían cuando llegaba la sequía. Durante tres o cuatro semanas nos invadían el jardín y se iban con el primer aguacero. En La Portuguesa llovía casi todos los días y llamábamos la época seca a las semanas en las que llovía menos. En las que, más que llover, había un permanente chipichipi. Altagracia tuvo a su niño en la época de la sequía y no se separaba de él por miedo a que le hicieran algo los cocodrilos. Le daba el pecho y luego se quedaba acunándolo hasta que volvía a pedirle de comer, o hasta que ella se quedaba dormida, un instante, porque de inmediato despertaba, sobresaltada, imaginando que un cocodrilo le quitaba al niño de las manos. Todos sabíamos que eso podía pasar, ya habíamos visto cómo los cocodrilos se ensañaban con las criaturas indefensas. Pero yo necesitaba a Altagracia trabajando, haciéndose cargo de la casa, porque sin ella todo se venía abajo. Lo del niño había sido un accidente que ella se había empeñado en sostener, en cambiar ese mal paso por un deseo vehemente de ser madre que a mí me parecía un poco artificioso. En los últimos meses del embarazo se había vuelto un poco lunática, olvidaba las cosas, confundía las tareas y se hacía un lío a la hora de transmitir los mensajes al caporal, o al capataz o al cura, cosa que nunca antes le había pasado. Y ya que tuvo al niño se volvió loca pensando que se lo iban a quitar los cocodrilos. Mientras no lo dejes por ahí, a la intemperie, no va a pasarle nada, Altagracia, le decía yo, pero cada noche dos o tres cocodrilos husmeaban por el jardín, rodeaban la casa y pegaban el hocico debajo de la puerta buscando el olor de la criatura. Yo estaba una noche en la cocina, fumando y considerando una oferta que me habían hecho por las tierras que tenía en la ladera del volcán, cuando oí los ruidos que hacía afuera un cocodrilo, parecían esos gruñidos tumultuosos que hacen los cerdos; podía ver debajo de la puerta su dura piel lustrosa, sus dientes puntiagudos. Lo primero que pensé aquella noche fue en pegarle un tiro y arrastrarlo al río, pero algo me detuvo, quizá no quería enemistarme con ellos, no parecía buena idea producir un muerto si lo que quería era tranquilizar a Altagracia para que volviera a hacerse cargo de la casa. El muerto habría querido decir tienes razón, hay peligro, es tan palpable el daño que estos animales pueden hacer a tu hijo que he tenido que matarlo. La selva nos había enseñado, desde siempre, que matar era un error a menos que lo hicieras para que no te mataran a ti. Y ese cocodrilo que husmeaba y resoplaba debajo de la puerta no me quería matar, olisqueaba y hacía ruidos de cerdo pero no quería matarme. Además iba a irse con el primer aguacero.

Unos días más tarde le dije a Altagracia que Josefina, otra de las sirvientas, podía hacerse cargo de su hijo mientras ella se ocupaba de la casa. Para mi sorpresa aceptó inmediatamente, quizá se había fatigado de estar pegada al niño, o había entendido que los cocodrilos no podían hacerle nada si lo mantenía encerrado. Siempre habíamos tenido que lidiar con los cocodrilos, así como en otros sitios se cuidaban de los leones, de los osos o los búfalos, nosotros teníamos que lidiar con ellos, no nos podíamos distraer. Cada territorio tiene sus peligros. En el jardín había que andar con cuidado, bastaba con eso, pero, como dije, no podíamos distraernos porque ya una vez un cocodrilo se había llevado al jardinero, que era un viejo amable que sesteaba debajo del árbol de tamarindo. Le había partido el cuello de una mordida y después lo había arrastrado por todo el jardín hasta el río, dejando en la hierba un grueso rastro de sangre. En el jardín teníamos una mesa donde se comía, se jugaba dominó o se hacían negocios cuando el calor no nos permitía estar dentro de la casa. O se conversaba para disimular el tedio que imponía la tarde. Las tardes eran largas en La Portuguesa, no acababan nunca pero tampoco dejaban de languidecer. A veces me sentaba ahí con un puro, con un whisky, para contaminarme de esa gloriosa lentitud. Pero durante esas semanas había que tener siempre un ojo en el agua cuando estábamos en el jardín. Nadie se bañaba en ese río durante la sequía, solo los muertos que echaban ahí para que se los llevara la corriente hasta el mar. Los hombres a los que habían asesinado en Galatea, en El Naranjo, en Las Brujas o en San Juan de los Aerolitos. No era raro que pasara navegando un cocodrilo con un perro o con un ternero entre las fauces, pasaba con la cabeza fuera del agua porque no podía hundir a su presa, se la llevaba hasta un lugar, oculto entre los juncos, donde pudiera desmenuzarla sin prisa. Cuando llegaba algún forastero había que advertirle que no se acercara al río, porque los cocodrilos saltaban fuera en cuanto percibían la carne palpitante. A nosotros, además de la desgracia del viejo que nos hacía el jardín, ya nos habían comido un par de perros, en dos escenas dramáticas llenas de sangre a borbotones y de mechones de pelo arrancados. Eso era lo único que había dejado el cocodrilo de nuestros perros: sangre y pelo, un acertijo que no hacía falta solucionar. En cambio, del jardinero solo encontramos el grueso trazo rojo sobre la hierba. Durante un tiempo pensamos que quizá no había sido él, pero nunca más volvimos a verlo. Uno de los perros iba todavía aullando mientras el cocodrilo se lo llevaba río arriba. Lo había mordido por la mitad y por alguna razón el animal siguió vivo y con energía para aullar hasta que dejamos de oírlo. No sabíamos si el cocodrilo había acabado de matarlo, o si ya iba tan lejos que nos era imposible oírlo. Nunca lo supimos, pero nos inquietaba la idea de que el perro siguiera aullando por los siglos de los siglos. Más bien nos aterraba porque entre las fauces del cocodrilo en lugar del perro podríamos ir nosotros.

Durante esas semanas se adueñaban del jardín, siempre había seis, ocho, doce cocodrilos inmóviles, petrificados, con el hocico abierto en un gesto que me ha parecido siempre una obscenidad. La lengua inmóvil, los dientes, la cavidad con la carne expuesta, la morbosa abertura que esos animales me enseñaban con desfachatez. Estaban muy quietos pero sabíamos que eran capaces, en cualquier momento, de un movimiento repentino, así que procurábamos no salir al jardín mientras estaban ahí los cocodrilos, esperábamos a que regresaran al agua. Pero también eran un peligro cuando estaban en el río, su ausencia era quizá peor que su presencia, porque nunca se sabía en qué momento ni por dónde iban a saltar, y sabíamos que en unos segundos eran capaces de llegar a la mesa y hacer algún estropicio. No voy a exagerar si digo que saltaban del agua. Se elevaban un metro por encima de la superficie, de improviso pegaban un salto con las extremidades abiertas y la panza blanca muy expuesta y luego caían de golpe y, sin ninguna clase de transición, se echaban a correr hacia donde estábamos nosotros. Josefina se puso a cuidar al niño para que Altagracia pudiera hacerse cargo de la casa. Tranquila, no va a pasarle nada a tu hijo, le decía cada vez que me la encontraba, para defenderme de las miradas que me echaba. Para quitarme de encima la culpabilidad que me hacía sentir. Y cada vez que veía un cocodrilo rondando la casa, metiendo el hocico por debajo de la puerta, Altagracia corría a su cuarto para comprobar que estaba bien el niño. La noche antes del aguacero que haría desaparecer a los cocodrilos estaba sentado con ella en la cocina. Revisaba unas cuentas que me había entregado el caporal mientras Altagracia limpiaba unas lentejas, las expandía en un manchón sobre la mesa y luego iba sacando con los dedos piedras, pedacitos de madera, un bicho reseco que se habría quedado ahí prensado. De pronto un cocodrilo comenzó a olisquear debajo de la puerta, se le veía la punta del hocico, los dientes, y lo oíamos respirar, gruñir como cerdo. Altagracia dejó las lentejas y se puso de pie, estaba muy alterada y quería ir a comprobar que su hijo estaba a salvo, que Josefina lo cuidaba como habíamos acordado. La cogí del brazo para impedir que se fuera y le señalé con un gesto el revólver que tenía ahí encima de la mesa, junto a las cuentas que me había dado el caporal. No te vayas, le dije, no tienes por qué. Antes de que el animal le haga algo al niño, le pego un tiro, le dije.

Los chinos

Los chinos se bajaron de un camión y luego el camión se fue. Esto es lo que dijo un vecino unas horas más tarde, cuando ya era de día y el grupo de chinos que ocupaba un extremo de la plaza de Galatea requería una explicación, una secuencia de hechos, una historia. ¿Qué hacen esos chinos ahí?, se preguntaba la gente extrañada, la que vivía alrededor de la plaza, pero también la que bajaba al pueblo a vender sus cosas al mercado y que, probablemente, nunca antes había visto personas con ese aspecto. Los chinos tenían tanta desconfianza como la que ellos producían a los habitantes del pueblo. El alcalde envió a su secretario para que se enterara de dónde habían salido y, sobre todo, para que averiguara qué andaban buscando en Galatea. Se acercó a los chinos observado de lejos y atentamente por la gente que merodeaba en la plaza, y lanzó sus preguntas mirando a todos y a dos o tres en particular que tenían cara o gesto de líderes del grupo, o de patriarcas, o siquiera de ser los más espabilados. Pero nada sacó en claro el secretario de sus preguntas, solo averiguó lo que un vecino le dijo, el vecino que los había visto llegar, se bajaron de un camión y luego el camión se fue, dijo, y eso fue todo lo que supimos.

Los chinos permanecieron ahí, arracimados e inmóviles, al rayo del sol, y ya en la tarde tenían al pueblo conmovido, ¿a qué hora comen?, se preguntaban, ¿que no piensan sentarse los pobres?, ¿estarán esperando el camión que viene a recogerlos?, ¿de dónde salieron estos pinches chinos? Todo eran preguntas ese día en Galatea y, en la noche, el alcalde, cuando era evidente que nadie iría ya por ellos, mandó al secretario para que los invitara a refugiarse en el patio de la alcaldía, donde ya habían dispuesto una mesa con comida y unos colchones para que pasaran la noche. Los chinos no decían absolutamente nada, ni siquiera por señas o por gestos, solo siguieron al secretario hasta el patio y luego se concentraron en comer y después fueron ocupando los colchones. Seguramente mañana vendrán por ellos, dijo el alcalde cuando salía de su oficina rumbo a su casa a unos vecinos que estaban intrigados con ese raro grupo que había aparecido en el centro del pueblo.

Pero al día siguiente no iría nadie por ellos, y aquello que solo era visto como una rareza comenzó a convertirse en una preocupación. En Galatea no había chinos, pero en Veracruz, en el puerto, sí había una pequeña comunidad de comerciantes, que ocupaba una de las calles adyacentes al mercado, y que recibía el nombre, fuera de toda proporción, de «barrio chino». Yo iba a esa calle con frecuencia, los chinos tenían conocimientos agrícolas milenarios y mezclaban un abono único para las plantas de café que comprábamos en grandes cantidades para la plantación, éramos sus clientes. El señor Fu, el chino que nos vendía el abono, era un hombre lacónico que se comunicaba en inglés, no hablaba español a pesar de que llevaba más de cincuenta años establecido en Veracruz. De tanto comprarle sacos de abono, y gracias a algunas conversaciones con otros comerciantes del barrio, me fui enterando de su historia, había llegado al puerto desde Estados Unidos, desde San Isidro, el sitio donde sus abuelos habían recalado después de un largo viaje en barco que los había dejado en Vancouver. Luego habían ido bajando por toda la costa hasta que lograron establecerse en California. No quedaba claro por qué el señor Fu había decidido viajar a Veracruz, ni por qué llevaba cincuenta años en esa calle, su historia tenía siempre una zona de sombra, un misterio, tanto que alguna vez el caporal de la plantación y yo habíamos pensado que probablemente había matado a alguien en Estados Unidos y había escapado rumbo al sur. Aunque la verdad es que el señor Fu no tenía pinta de asesino. Cuento esto porque dos días después de que aparecieran los chinos en el centro de Galatea fui a comprar abono y ofrecí al alcalde que podía preguntar a ver si alguien nos daba alguna pista. El alcalde era un hombre hostil que no perdía oportunidad de sacarnos dinero a los que teníamos propiedades alrededor de Galatea, de improviso aparecía en La Portuguesa y me pedía dinero para un transformador de luz, para arreglar un camino o para terminar de construir la alberca municipal. Era un dinero que más valía darle, por miedo a las represalias, aunque al final nunca veíamos en qué lo invertía. Detestaba al alcalde pero los chinos me daban pena y, por eso, ofrecí preguntarle al señor Fu, por si sabía algo. China es muy grande, ¿por qué cree que yo voy a saber algo de esa gente?, zanjó el asunto en inglés.

Tres días más tarde, cuando el alcalde se vio obligado a buscarles una casa porque en el patio de la alcaldía ya no podían estar, se había esparcido el rumor de que los chinos habían llegado en un barco, a petición de una fábrica que había prometido emplearlos, y que al llegar al puerto no había ido nadie a recibirlos. El barco había atracado y no había nadie que los reclamara, así que habían bajado, porque a bordo ya no podían permanecer, y se habían echado a andar por la ciudad hasta que llegaron a la carretera y ahí un camionero los había recogido y los había dejado en Galatea, porque entendió que ahí querían ir, o porque mientras manejaba de noche le había entrado el temor de meterse en un lío, de no saber qué responder si lo paraba la policía y le preguntaba por qué llevaba un cargamento de veinticinco chinos. Aquello era un rumor, pero no había otra explicación. Los chinos habían tomado el patio de la alcaldía, pasaban el tiempo sentados a la mesa o sesteando en los colchones, y las mujeres se las habían ingeniado para lavar en el chorro de un grifo ropa, que luego tendían en unos alambres que cruzaban el patio de lado a lado y que se usaban para colgar las decoraciones navideñas, las de la época de carnaval o las de las fiestas patrias. Cuando el alcalde vio el tendedero desde la ventana de su oficina, ordenó que buscaran a los chinos otro alojamiento, y como el presidente del Club de Leones pretendía mejorar su relación con el poder local, ofreció hacerse cargo, temporalmente, del grupo. Los chinos ocuparon entonces el vestidor de los hombres, que era una amplia barraca donde había baños y espacio para colocarlos a todos, uno al lado del otro, en los colchones que se llevaron de la alcaldía. Los socios del club estaban desconcertados por el secuestro de los vestidores pero, sobre todo, porque los chinos pasaban todo el día arracimados en el jardín, entre la alberca y las mesas de pimpón, y la gente se sentía intimidada por ese grupo silencioso que no hacía más que mirar. Unos días más tarde la situación era insostenible, el presidente del club, a base de gestos y de mostrarles enfáticamente los bártulos del jardinero, había convencido a un trío para que se hiciera cargo del jardín, y lo mismo había logrado con otros que sacudían los muebles y los cuadros del salón social, y también barrían y pasaban el trapeador. A pesar de que el trabajo de los empleados de base se había aligerado con la intervención de los chinos, pronto comenzaron a quejarse de que la mayoría no hacía nada, se pasaban el día sesteando y, encima, comían puntualmente a sus horas. ¿De qué privilegios gozan estos chinos?, preguntaban los empleados, mientras los socios exigían cuentas al presidente, ¿de dónde sale el dinero para darles de comer a estos pinches chinos? El dinero era, por supuesto, el de los socios, que miraban con escepticismo la idea de que aquello fuera a mejorar la relación del club con el poder local. El alcalde si quiere, decían, nos va a hundir, con chinos o sin chinos. Para aligerar el ambiente dentro del club, un grupo de voluntarias se ofreció a sacar a los chinos por las mañanas, para que se movieran un poco y además pensando que podían ir integrándose al pueblo, ayudar en una tienda, o en el mercado, o incluso en la parroquia donde, durante aquel raro periodo que puso de cabeza a Galatea, hubo dos monaguillos chinos que cumplían, con enorme precisión, los modos y los ritmos de la liturgia. Dos o tres señoras salían del club seguidas por una larga fila de chinos y recorrían la avenida de arriba abajo, y con ese esfuerzo lograron colocar media docena, a los dos monaguillos se sumaron dos en un puesto de aparatos eléctricos del mercado, uno como ayudante en un taller de motores y otro en El Borrego, la tienda de ultramarinos más célebre de la región. El dueño de El Borrego, después de mirar largamente al grupo de chinos que comandaban las señoras, llamó a un muchacho, lo puso frente a una pierna de jamón, le dio un cuchillo largo y, ante el asombro de todos, el chino comenzó a sacarle unas lonchas perfectas. En aquellas caminatas promocionales que comandaban las señoras por la zona, llegó el tropel de chinos un día a La Portuguesa. El alboroto que causó su entrada me sacó de la oficina, los jornaleros los miraban divertidos y les decían bromas y majaderías y luego se carcajeaban estruendosamente de sus propias sandeces. ¡Cállense, no sean cabrones!, gritaba el caporal, tratando de quedar bien con las señoras del Club de Leones, que tenían cierta alcurnia. Una alcurnia polvosa, triste, de pueblo, quiero decir, pero alcurnia al fin. Al ver a los chinos ahí en la plantación, me pareció que no era mala idea reclutar a algunos, para ayudarles a esas pobres señoras de alcurnia deslavada, pero sobre todo porque sabía, por las decenas de visitas que le había hecho al señor Fu, que era gente muy trabajadora. Les dije que me haría cargo de tres pero ellas, que eran muy resueltas, me dejaron seis. Luego habría un lío porque los chinos querían seguir durmiendo todos juntos en el vestidor del club y hacían ver esto con una violencia silenciosa y una determinación que, aunque nunca iba más allá del gesto, me obligaba a enviarlos de regreso en una camioneta al final de la jornada. Pero al pasar del tiempo los chinos se fueron quedando en la plantación. Un día, nunca supimos por qué razón, ya no se subieron a la camioneta y se fueron directamente a las barracas donde dormían los jornaleros. Lo mismo fue pasando con los demás, la mayoría abandonó el club, fueron encontrando sitios donde acomodarse y en el club solo quedaron los que hacían el jardín y la intendencia.

Un mes más tarde, los chinos se habían convertido en el grupo más productivo de Galatea, todos querían un chino en su negocio y en el caso de los que vendían material eléctrico en el mercado habían logrado contagiar a los propietarios de los puestos de alrededor, que ahora apretaban a sus empleados para que rindieran como los chinos, que no dejaban de trabajar ni un momento y, cuando nadie se acercaba al puesto, aprovechaban para reacomodar la mercancía, para hacer montañas con los enchufes y ovillos con los cables, y todo lo hacían en silencio, impasibles, con una efectividad nunca antes vista en el pueblo. Los chinos eran tan imperturbables que las putas del mercado se sentían agraviadas, esas mujeres deseadas por todos los hombres que iban a vender la mercancía que traían de la sierra no podían con los chinos, no había forma de seducirlos, no había manera de que las poseyeran, como lo hacían los campesinos que bajaban de la sierra, dobladas sobre las cajas de fruta mientras ellos las embestían por detrás, ansiosos y desesperados, haciendo temblar las pilas de cajas con sus embestidas. Esos chinos son putos, esos chinos son pinches jotos, esos pinches chinos son unos putos mariconazos hijos de su puta madre, decían las putas, desairadas, cada vez que trataban de seducirlos.

Seis meses más tarde, cuando ya los chinos eran parte del paisaje, se supo la verdadera historia de su llegada a Galatea. Un hombre de la capital apareció haciendo preguntas por los pueblos de la región, buscaba a un grupo de chinos que había contratado para que trabajaran en su fábrica y, después de esperarlos muchos meses, y cuando pensaba que el adelanto que había dado estaba perdido, alguien le dijo que estaban en un pueblo de Veracruz, tierra adentro, por el rumbo de Córdoba, y aquel empresario se había puesto a preguntar, quería recuperar a aquellos chinos por los que había pagado un adelanto. De esto nos enteramos antes de que llegara a Galatea porque un campesino que venía de El Naranjo a vender verduras al mercado contó, al ver a los chinos del puesto del material eléctrico, del escándalo que había montado un empresario de la capital, que creía que la gente del pueblo le estaba escondiendo a sus chinos, así decía, a sus chinos, y no podía creer que la gente de El Naranjo no supiera nada. Así que cuando el hombre de la capital llegó a reclamar a sus chinos a la alcaldía los habitantes de Galatea, que ya no podían prescindir de sus servicios, los escondieron. Aquí nunca hemos visto ningún chino, dijo el alcalde después de que el hombre le hubiera contado su historia, una historia que acabó pareciéndose al rumor. En un viaje de negocios que había hecho a Nueva Orleans, lo habían convencido de que contratara a un grupo de chinos, que eran mucho más trabajadores que los empleados mexicanos y que además costaban menos dinero, cobraban menos, comían menos y se conformaban con muy poco y, sobre todo, no se amafiaban con los líderes sindicales ni organizaban mitotes, eran los trabajadores perfectos, estaban todo el día en silencio y, como no hablaban español, nunca reclamaban nada. Son como esclavos pero, como el régimen de esclavitud se ha abolido, quedan técnicamente como trabajadores, dicen que dijo al alcalde muy orondo el hombre. El caso es que lo habían convencido y había comprado en Nueva Orleans veinticinco chinos que fueron embarcados con destino al puerto de Veracruz, con una fecha de llegada precisa que, por algún motivo, se adelantó varios días, por eso fue que los chinos no habían sido recibidos por nadie y, sin saber muy bien qué hacer, se habían echado a caminar. Al final el hombre se fue y dejó una amenaza en el aire, dijo que en otros pueblos le habían dicho que en Galatea habían visto chinos y que algún día regresaría de improviso por si tenía fundamento aquella información. Vuelva usted cuando quiera, dijo el alcalde con el mismo cinismo que le servía para resolver cualquier conflicto, y si aparece algún chino por aquí, yo seré el primero en avisarle.

Los chinos que teníamos en La Portuguesa pronto transformaron el ritmo de la plantación, trabajaban más que el resto de los jornaleros, no descansaban durante las ocho o diez horas de faena, solo hacían pequeñas pausas para beber agua o para comerse rápidamente una fruta. Era un ritmo al que los jornaleros de la plantación no estaban acostumbrados, los chinos trabajaban todo el tiempo mientras que ellos trataban de ganar minutos, se desplazaban con lentitud, siempre buscaban la curva, el meandro, el caracol, hacían infinidad de pausas a lo largo del día, para beber agua, para ir al baño, para desayunar, almorzar, comer y merendar, y después de la comida hacían una larga pausa para la digestión, que a veces era una siesta, y otras, como sucedía cada viernes, una ristra de tragos en la cantina que los dejaba fuera de combate hasta el lunes. Los viernes en la tarde no quedaban en la plantación más que los chinos y las mujeres, y aquello me hizo pensar que el caporal era demasiado permisivo y que debíamos exigir a los jornaleros que trabajaran el día completo. Los chinos eran la luz que alumbraba la zona que debíamos recomponer. El caporal se escandalizó cuando planteé aquello, sostenía que si apretábamos demasiado se iban a ir todos y nos íbamos a quedar con los puros chinos. No es apretar demasiado, le dije, es decirles que deben cumplir con esa media jornada que les pagamos religiosamente cada viernes. Además también observé que los lunes llegaban dos o tres horas tarde y que si sumábamos eso a la media jornada de los viernes, más las incontables pausas que iban haciendo durante el día, más las curvas, los meandros y los caracoles que mañosamente ejecutaban en cada desplazamiento, probablemente nos daríamos cuenta de que en realidad trabajaban solo cuatro días a la semana. No podemos compararlos con los chinos, defendía malhumorado el caporal. ¿Por qué no?, le decía yo, convencido de que el ejemplo que habían dado en los últimos meses era muy positivo, de que debíamos actuar tomando en cuenta esa luz. Así que el lunes, a regañadientes, el caporal comunicó las nuevas directrices, había que llegar puntualmente, reducir las pausas durante la jornada y los viernes trabajar el día completo. Los seis chinos, que eran un raro islote dentro del conjunto de los jornaleros veracruzanos, atendían todo lo que decía el caporal sin entender una sola palabra. Yo miraba todo desde la ventana de mi oficina, veía a los chinos atentos e impasibles, ni sospechaban que aquel discurso que largaba el caporal se debía a ellos, a su responsabilidad y disciplina, a su entrega en el trabajo. Aunque su relación con los demás era estrictamente laboral, habían hecho algunos gestos para integrarse, modestas iniciativas de orientación inequívoca como la de quedarse a dormir en la plantación, o la de sumar su asistencia al festejo que hicimos una tarde para celebrar el cumpleaños del capataz, hubo tamales, atole y cerveza, nada muy elaborado, pero los chinos asistieron de buena gana, contentos, probaron la comida y hasta la disfrutaron, o eso al menos me pareció. Los chinos eran sumamente pacíficos y tenían maneras impecables, aparecían cada mes, los seis muy juntos, en la oficina para cobrar su sueldo, y los fines de semana se iban por ahí, suponíamos que a Galatea, para reunirse con sus otros paisanos. No sabíamos en realidad nada de esos seis chinos que trabajaban con nosotros, por ejemplo yo había tratado de averiguar, primero en inglés y luego con señas y gestos, si alguno de ellos estaba casado, quizá con alguna de las mujeres que habían llegado en el camión, pero mi indagación había sido inútil, no había forma de saber nada y al final había pensado que quizá no saber era lo mejor, se trataba, después de todo, de una relación laboral y mientras cumplieran con su trabajo, lo demás no tenía por qué ser asunto mío. Pensaba que no saber era lo mejor pero tiempo después me di cuenta de que estaba muy equivocado.

Nadie protestó cuando el caporal explicó, a regañadientes, los nuevos lineamientos laborales, cada quien se fue a hacer su trabajo y cuando llegó el momento crucial del viernes, los jornaleros regresaron después de la comida y cumplieron, más o menos, con el horario completo. También es verdad que durante la semana se habían ido alargando, e incluso multiplicando, las pausas, tanto que el viernes tuve la impresión de que, a pesar de que habían trabajado la jornada completa, la suma de las horas semanales era la misma que cuando los viernes se largaban después de la comida.

A la siguiente semana, el ambiente cambió en la plantación, el caporal fue a advertírmelo a la oficina, y yo ya había oído algunas cosas en alguna incursión a la bodega, o a los establos, o en el cafetal una mañana en que revisaba, con el agrónomo, los efectos de un abono que nos había mezclado el señor Fu para erradicar una plaga que nos agujereaba las hojas de los cafetos. Lo que se oía todo el tiempo era que los chinos tenían la culpa de la nueva rigidez del caporal, se trataba de una reacción que ya había previsto, pero me desconcertó la violencia con que los jornaleros se expresaban. Todo es culpa de los pinches chinos, esos pinches chinos deberían regresarse a su país, oía yo con inquietud en mis incursiones por la plantación, así que cuando el caporal fue a decirme eso que yo ya había oído, le dije, no estaría mal echarle de vez en cuando un ojo a los chinos, no vaya a ser que los trabajadores empiecen a meterse con ellos. El caporal dijo que no lo creía, que inquietado por lo que oía había hablado ya con dos o tres cabecillas para aclararles que aquello no era cosa de los chinos sino de los tiempos, que exigían trabajar más horas para poder cumplir con los objetivos que nos exigía el mercado y, según el caporal, aquellos hombres le habían dicho que nadie tenía nada contra los chinos, que solo estaban molestos porque les habían quitado la tarde de los viernes y en este punto el caporal me había mirado con complicidad, antes de plantear que la tensión se disiparía inmediatamente si les devolvíamos su tarde, siquiera una vez cada quince días, si me parecía bien. Pero a mí la luz de los chinos me hizo entender que los jornaleros, durante años, me habían estado viendo la cara, me habían estado diciendo, durante mucho tiempo, que el trabajo era excesivo y que sin esas largas pausas que hacían durante el día era humanamente imposible resistir la jornada. Yo nunca había creído ese discurso porque de joven había hecho ese mismo trabajo, y además durante los últimos meses los seis chinos habían demostrado que el trabajo ni era inhumano ni demasiado rudo, y que se podía hacer perfectamente sin necesidad de esos periodos de descanso exagerados. Es probable que me haya faltado visión y mano izquierda, pero yo, en ese punto específico, no estaba dispuesto a dar mi brazo a torcer, así que dije no al caporal, de ninguna manera, los viernes se trabaja la jornada completa porque los chinos nos han demostrado que se puede hacer perfectamente. En cambio, le dije, estoy dispuesto a hacerme de la vista gorda ante esas pausas cínicas que hacen a lo largo del día. El caporal se me quedó mirando con desconfianza y al cabo de un momento soltó, pues entonces quién sabe si a lo mejor pueda pasarle algo a algún chino. Ni va a pasar nada ni nos vamos a detener por ese miedo, le dije, y después le pedí que se fuera, que me dejara trabajar porque esa tarde tenía que cuadrar las cuentas de una venta. Sin embargo, la advertencia del caporal me dejó inquieto. Durante los siguientes días estuve observando a los chinos, no hacían más que trabajar, no se metían con nadie y cada vez que algún jornalero les ponía mala cara o les decía alguna majadería, ellos sonreían y regresaban a su trabajo. Eso es precisamente lo que más les molesta a los jornaleros, me dijo el caporal, que los pinches chinos se ríen de todo, hasta cuando los insultan se ríen. Unas semanas más tarde me quedaba claro que aquella tirantez entre los chinos y los jornaleros beneficiaba a la plantación. Llegué a pensar que el enfrentamiento permanente sería el motor de una nueva época para el negocio. Hasta que una noche me despertó el caporal, gritaba por el pasillo rumbo a mi habitación, y trataba de quitarse de encima a Altagracia, que estaba decidida a impedirle el paso. Patrón, tiene que venir a ver esto, dijo en cuanto abrió la puerta. Apenas me había dado tiempo de sentarme en la cama y cuando iba a preguntarle de qué se trataba me dijo que me esperaba en el galerón donde dormían los chinos y luego salió dando grandes zancadas. Me vestí rápidamente y bebí un par de sorbos de la taza que me ofreció Altagracia. Era la una de la madrugada. Llegando al galerón tuve que abrirme paso entre los jornaleros que se agolpaban en la puerta para ver lo que había pasado. Los chinos, cinco de ellos, estaban de pie en un rincón, contemplando impávidos a su compañero, que estaba en el catre con los ojos abiertos y un tajo en el cuello por donde se había vaciado toda la sangre. Debajo había un gran charco oscuro alimentado por una gota persistente que se colaba por la tela del catre. Los chinos miraban a su compañero con una actitud indescifrable que contrastaba con el cinismo de los jornaleros, que asistían a esa escena como si se tratara de un episodio cotidiano, incluso falto de interés. Hay que avisar a la policía, puedo ir a la comandancia en la camioneta y estar de vuelta en media hora, dijo el caporal. ¿Estás loco?, le dije, la policía no puede enterarse ahora, ya ves lo que pasó la última vez. Hacía poco más de un año que dos jornaleros se habían liado a machetazos, uno había muerto y otro había quedado muy malherido y, a pesar de que todo había ocurrido en medio del cafetal, lejos de mi oficina donde trabajaba a la hora de la trifulca, la policía se las había ingeniado para culparme a mí del muerto, y también del otro, que iba a morir unas horas después, y al final me habían sacado una gran cantidad de dinero a cambio de no enviarme a la cárcel. Averigua tú quién es el culpable, le dije al caporal, y después lo entregamos a la policía. La orden sembró cierto nerviosismo entre los jornaleros, un murmullo que rápidamente se extinguió, porque sabían que lo mejor era que cada quien se tragara lo que estaba a punto de decir. Los chinos partían el alma, estaban ahí pegados unos con otros, mirando fijamente a su compañero que terminaba de desangrarse, y yo al verlos pensaba que aquello iba a ser irreparable, que no había forma de que siguieran trabajando con los jornaleros, y también me arrepentía de no haberme tomado en serio la advertencia del caporal, de no haber visto venir aquello que en ese momento ya me parecía una obviedad. Hay que levantar a este hombre del catre, dije. Luego me acerqué a los chinos para tratar de explicarles que íbamos a tener que mover a su compañero y ellos me miraron con escepticismo y, aunque estaba muy seguro de que no entendían nada, también les prometí que encontraríamos al infeliz que había matado a su compañero. Teníamos que actuar con rapidez, mi idea era entregar al asesino antes de enterrar a la víctima, presentar todos los elementos para evitar que la policía torciera los hechos. Dos hombres del caporal se encargaron del cuerpo, lo envolvieron en una sábana, y como no podíamos dejarlo en el galerón, que estaba abierto y expuesto a cualquier animal rapaz, lo metimos a la bodega donde se guardaban los costales de café, que era un espacio cerrado donde no podían husmear los animales. El caporal puso un guardia en el galerón de los chinos y luego comenzó a preguntar entre los jornaleros solo para asegurarse, según me diría más tarde, de que era efectivamente quien él pensaba, desde el principio, que había sido. Yo me fui a esperar a mi oficina, hice café y aproveché para poner en orden un montón de papeles que llevaba semanas sin atender. Abrí las ventanas y prendí el ventilador, era una noche caliente y dentro de la oficina hacía un calor asfixiante. Pensé otra vez que ese asesinato me iba a hacer perder a los chinos, la luz de ese pequeño grupo que durante unos meses había transformado el ritmo de la plantación. Luego pensé que ni siquiera sabía cómo se llamaban los chinos, no sabía absolutamente nada de ellos y me pareció, a esas horas de la madrugada en las que todo es oscuro y confuso, que quizá debería haberles puesto más atención, haber hecho un esfuerzo mayor por entenderlos, por darme a entender, como había visto que lo hacía el dueño de El Borrego con el chino que le cortaba el jamón.

Al día siguiente llegaron dos policías y un hombre de traje, el licenciado Yañes, que lo mismo hacía de perito que de juez, y alguna vez hasta había sustituido durante quince días al alcalde. El caporal había ido por ellos en la camioneta y les había explicado la situación. Antes, cerca del amanecer, me había llevado al culpable a la oficina, era Fulgencio, el encargado del trapiche. ¿Fuiste tú, Fulgencio?, le pregunté. No respondió nada, me dirigió una mirada ambigua matizada por el mechón de pelo que le caía sobre las cejas, y por el bigote que se le alborotaba en las puntas con una vistosa explosión. No quiere hablar, dijo el caporal, pero hay evidencias que lo incriminan. ¿Qué evidencias?, pregunté. Confíe en mí, patrón, estoy seguro de que fue él, me dijo. Me preocupó la arbitrariedad del caporal y dije a Fulgencio, si no fuiste tú dilo ahora, defiéndete, porque en un rato va a venir la policía y la cosa va a volverse irreversible. Fulgencio no dijo nada, parecía que había aceptado ya su destino y a mí me quedó claro que su silencio, su necio desinterés, era una forma de confesión. Más que quedarme claro, pienso ahora, la situación parecía cristalina: había un cuerpo y un hombre que, ante la acusación de asesinato, no decía nada. El licenciado Yañes contempló un momento el cadáver del chino, observó la herida del cuello, que ya tenía las orillas tiesas y se había abierto como un ojo renegrido. Ya sabía yo que estos pinches chinos nos iban a dar problemas, fue lo único que dijo el licenciado. Luego los policías se llevaron a Fulgencio, se subieron con él en la batea de la camioneta y el caporal los regresó a todos a Galatea. Al mediodía interrumpimos los trabajos en la plantación para enterrar al chino. Había intentado preguntar a sus compañeros si tenían algún ritual que desearan seguir en el funeral, pero no había logrado darme a entender, así que simplemente lo enterramos, el caporal rezó un avemaría y un padrenuestro que fueron seguidos por los jornaleros, y al final la chamana encendió una espesa humareda de copal. Al día siguiente reubicamos a los chinos, los repartimos entre el establo y la bodega, lejos de los jornaleros, y uno de ellos, a sugerencia mía, se integró al servicio de la casa, me pareció que podía ser útil, después de ver el resultado del muchacho que rebanaba jamón en El Borrego. Aquella muerte terminó afectando la relación de los chinos con el pueblo, un buen día desaparecieron casi todos, tan misteriosamente como habían llegado. Nadie los vio irse pero el rumor decía que se habían subido a otro camión y que se habían ido seguramente a otro pueblo, a repetir la historia que habían vivido en

Galatea. Era un rumor que no estaba mal como posibilidad. Se fueron casi todos menos el que cortaba jamón y Cheng, el que se quedó en mi casa. Al principio fue difícil comunicarse con él, pero las criadas de inmediato establecieron lazos, le enseñaron cosas, lo integraron a su círculo doméstico y muy pronto Cheng aprendió a hablar español y poco a poco se convirtió en la pieza fundamental de la casa, en una suerte de mayordomo que estaba siempre dispuesto para lo que se ofreciera. Una mañana mientras me afeitaba pregunté a Cheng, que estaba sentado en un banquito cepillando mis botas, que si había visto cuando Fulgencio mató a su compañero. Habían pasado casi dos años desde la noche del crimen. No fue Fulgencio, dijo Cheng sin interrumpir su labor. Me quedé con la navaja suspendida en el aire, sin saber qué decir. Fue Wei, continuó Cheng sin dejar de cepillar una de mis botas, lo mató porque descubrió que en las noches se iba a Galatea y se acostaba con Kumiko, su mujer.

Miedo

Si cabe la cabeza, cabe el cuerpo. Esta era la teoría. Todos se habían ido al circo menos mi hermano y yo. No había nadie más en las casas de la plantación. El portón tenía echado el cerrojo, pero había un hueco en el centro, más o menos amplio, por donde el caporal metía los brazos para manipular la cerradura. Nos habían castigado, por eso estábamos encerrados, del otro lado del portón estaba la selva, y la vereda que llevaba hasta las afueras de Galatea, hasta el terreno donde se instalaba el Circo Frank Brown. No sé por qué se llamaba Frank Brown un circo que solo viajaba por Veracruz, de un pueblo a otro, aunque no se me escapa que un nombre en inglés debe haber tenido gancho en aquella selva inmunda y dejada de la mano de dios. Si cabe la cabeza, cabe el cuerpo, dije yo recordando algo que había oído, algo que alguien había dicho, mirando con insistencia el hueco que estaba en el centro del portón por el que acababan de salir mis padres, el caporal y su mujer, las criadas y el Chubeto, un niño de nuestra edad que ayudaba en el establo y andaba siempre envuelto en un halo de caca de caballo. ¿Por qué no te bañas, pinche Chubeto?, le preguntábamos todo el tiempo y él se encogía de hombros y luego se nos quedaba mirando con mucha seriedad, como si estuviera calibrando si decirnos o no los motivos de su tolerancia a la pestilencia. Pero nunca nos decía nada, después de esa mirada seria se daba la vuelta y se iba. No podíamos escapar inmediatamente de la plantación porque iban a sorprendernos, mis padres iban apenas camino al circo, pero era imperativo hacerlo en los próximos minutos, porque no queríamos ver la función despuntada, queríamos verlo todo de principio a fin para que luego no viniera el pinche Chubeto a decirnos que nos habíamos perdido el chiste de los payasos, al domador metiendo la cabeza en la boca del león, a la mujer de goma o a la barbuda. Sobre todo no queríamos que nos dijera que nos habíamos perdido el número de Rosarito, una niña de la plantación que tenía un raro talento y que actuaría ese día. Cuando calculamos que ya iban a una distancia suficiente, metí la cabeza por el hueco y, al comprobar que cabía a la perfección, la saqué para meterme por el otro extremo, por los pies, y luego irme escurriendo hasta que toqué el suelo. Miré a mi hermano desde afuera, del otro lado del portón, y él me devolvió un gesto de asombro, por lo fácil que había sido escapar de casa, por lo suelto y disponible que me veía yo del otro lado, listo para ir al circo y ver la función completa. Vas tú, le dije, prueba primero con la cabeza, y mi hermano, que ya sentía la urgencia de estar del otro lado, la metió por el hueco y a la hora de recular, cuando yo le decía vamos, que se hace tarde, notó que la cabeza se le había atorado. Se me atoró la cabeza, dijo, y luego soltó una risa nerviosa. Me acerqué a ayudarlo, traté de orientarlo de una manera y luego de otra, pero en una topaba con la barbilla y en la otra con la oreja, no había forma de liberarlo, la cabeza ya estaba fuera mientras el resto del cuerpo, doblado a la altura del hueco, permanecía dentro de la plantación. Pensando qué hacer, porque debíamos resolver cuanto antes el contratiempo, recordamos un episodio reciente que podía servirnos de inspiración para salir de ese lío. Hacía unos días a mamá se le había quedado atorado el anillo, no se lo había quitado para dormir y había amanecido con el dedo hinchado, y justamente cuando le estaba pidiendo al caporal una segueta, doña Julia, la cocinera, había sugerido otro método menos destructivo y en menos de un minuto, había embadurnado de manteca el dedo de mamá y le había sacado el anillo con una asombrosa facilidad. Inspirado por aquel episodio volví adentro, me metí apretujado y corrí hasta la cocina para buscar el frasco de manteca que doña Julia tenía siempre a mano, junto a los fogones, en una bandeja donde había sal, aceite, ramitas nervudas de canela y orégano, cilantro y epazote. Trataba de hacerlo todo rápidamente. Corrí con el frasco entre las manos, que estaba medio lleno de esa sustancia grisácea, ¿de qué es la manteca?, le había preguntado, intrigado, a doña Julia el día que había liberado a mi madre del anillo, y ella me había dicho, mostrándome el mazacote que había dentro del frasco, que era grasa de ballena, y había agregado que la compraba en el puerto, a los arponeros de Mandinga que por la noche, después de haber cumplido con su faena en altamar, vendían sus productos en la playa y bebían ron y cantaban alrededor de una fogata. ¿Con este calor?, había preguntado yo, porque la información me parecía dudosa, digamos que demasiado colorida, y ella había respondido, casi ofendida por el tono de escepticismo que había detectado en mis palabras, que el fuego era para ahuyentar a los zancudos y a los chaquistes, y también para complacer a Mamadú, y en ese punto ya no pregunté nada porque sabía que cuando el santo Mamadú hacía su aparición doña Julia no toleraba dudas ni titubeos, ni mucho menos la mofa, porque en Mamadú se creía y si no el mismo Mamadú te castigaba. Llegué hasta donde estaba mi hermano pensando en Mamadú, y puede ser que hasta encomendándome a él para que me socorriera en ese desastroso imprevisto, que me ayudara a actuar rápidamente para que pudiéramos llegar a tiempo al circo. Si no escapábamos por el hueco, no había otra manera de salir de la plantación, porque si lo hacíamos por el vallado, caíamos a la manigua, a la selva espesa, donde no había veredas y para avanzar era necesario ir abriéndose paso con el machete, y entonces no teníamos ni la fuerza, pues éramos unos niños, ni el tiempo para ponernos a abrir camino a machetazo limpio en esa maraña verde e inexpugnable de la que podía surgir un perro, un tigrillo, un guerrillero de los de Lucio Cabañas, de manera que nuestra única opción era el portón y hasta ahí llegué con el frasco entre las manos. Comencé a untarle primero el cuello con esa manteca grisácea que olía a sebo, a desecho de criatura viva, a resto de animal. Mi hermano se quejaba del olor y yo le untaba, encomendado a Mamadú, el cuello y la nuca y después volví a colarme apretujándome por el hueco hacia el exterior para untarle detrás de la oreja y del otro lado de la barbilla. Pensando en la asombrosa facilidad con que doña Julia había quitado el anillo a mamá, comencé a empujar la cabeza de mi hermano hacia adentro de la plantación, en un sentido y en otro, pero en cuanto llegaba a la oreja o a la barbilla mi hermano se quejaba, me decía que le hacía daño, que quizá había que untar más manteca, poner un trozo gordo detrás de la oreja, por ejemplo. Cinco minutos más tarde, luego de una serie de bruscos forcejeos, concluimos que la asombrosa facilidad con que había salido el anillo de mamá era un asunto exclusivo de doña Julia. Empezaba a hacerse de noche pero el calor era todavía salvaje y la manteca, en mis intentonas por liberarle la cabeza, se le había esparcido por la cara y por una zona del pelo. Como llamados por una señal luminosa comenzaron a llegar mosquitos, mayates y marimbolas, a tratar de posarse en el festín de manteca que le cubría la cabeza. La función de circo debía estar empezando y yo pensaba, en lo que trataba de espantarle los insectos de la cara, en la burla que nos haría al día siguiente el pinche Chubeto, en las cosas que nos contaría del circo, de todos esos actos maravillosos que nos habíamos perdido y de la actuación de Rosarito, que no volvería a repetirse. No vamos a poder ir, le dije desolado a mi hermano y él me dijo que le limpiara la cara porque empezaba a picarle, así que volví a meterme a la plantación por el hueco y fui a buscar a la casa una toalla y un balde de agua para quitarle toda esa porquería. También fui corriendo al galerón donde el caporal guardaba las herramientas, para ver si encontraba la segueta con la que pretendía cortar el anillo de mamá, o una más grande para hacer una abertura en el portón. Mientras miraba las herramientas del caporal, tratando de encontrar una segueta, pensé que ya no me importaban ni el circo ni las burlas del pinche Chubeto, todo lo que quería era liberar a mi hermano de esa horrible posición, doblado como haciendo una reverencia a nadie, a la selva, al Circo Frank Brown, cuyas luces, como la tarde iba ya en picada, empezaban a relampaguear a lo lejos. Antes de que pudiera dar con la segueta del caporal, mientras murmuraba Mamadú, ayúdame, por favor, santo Mamadú, oí un grito de mi hermano, y después otro. Gritaba mi nombre con desesperación y pedía ayuda. Salí corriendo, arrepentido de haberlo dejado solo e indefenso, con el cuerpo atrapado y la cabeza a la intemperie, corría con dificultad porque ya estaba oscuro y no podía ver los agujeros que había en el sendero, ni las raíces, ni las ramas, ni la greñura que se desbordaba más allá de sus dominios e interrumpía todo el tiempo mi carrera. Cuando llegué al claro donde estaba la casa, vi a lo lejos el portón y a mi hermano, que seguía gritando amenazado por algo que desde ahí no alcanzaba a ver pero que lo hacía mover los brazos de una forma alarmante, al tiempo que gritaba mi nombre y pedía desesperadamente ayuda. Cuando estuve cerca de él vi una vaca que le lamía la cara, le pasaba su lengua enorme y rosácea por el cuello, la frente y las orejas, le barría de arriba abajo las facciones y le dejaba en el pelo espumarajos de baba blanca. Me escurrí hacia afuera por el hueco y cogí un palo que había ahí tirado y comencé a pegarle a la vaca, a gritarle furibundo que se largara y que dejara a mi hermano en paz, le pegaba y le gritaba con una rabia que todavía me escuece de manera muy vívida, y cada vez que le pegaba, cada vez que el palo golpeaba su cuerpo, sentía que vengaba a mi hermano, pero también que me quitaba de encima la frustración de no haber podido ir al circo y las burlas que nos haría al día siguiente el pinche Chubeto, golpeaba y golpeaba a la vaca con una rabia desproporcionada y el animal se quejaba, mugía, se alejaba de mí y yo seguía golpeándola con una saña incontrolable. Todavía hoy no puedo explicarme aquello, mi hermano me miraba atónito desde el hueco de la puerta, pero se perdía trozos de lo que yo hacía porque tenía la cabeza atrapada en una sola posición y yo iba neciamente detrás de la vaca, que se movía de un lado a otro tratando de escapar de mi violencia descontrolada, y mi hermano gritaba déjala ya, vas a hacerle daño, y yo efectivamente sentía que le hacía daño, que la lastimaba y además sabía que la vaca no tenía la culpa de lo que nos pasaba, y en eso mi hermano gritó voy a decírselo a papá y yo me detuve en seco, me quedé con el palo en la mano, suspendido a punto de asestarle otro golpe, y la vaca se fue, se escabulló entre la selva mugiendo de una forma lastimera y yo encaré a mi hermano, que me veía asustado desde el hueco, con la cabeza ladeada y la cara brillosa de grasa y de la saliva del animal que en el pelo se condensaba en tres o cuatro espumarajos blancos. Iba a decirle que todo aquello lo había hecho por él, la manteca y la paliza a la vaca, y que no entendía por qué quería acusarme con papá y él me miró con unos ojos donde había incomprensión pero, sobre todo, mucho miedo, un miedo que me hizo soltar el palo y mirarme las manos y luego las ropas cubiertas de sangre, ahí estaba yo mirando a mi hermano, y mirando el punto por donde había escapado la vaca, un punto entre la selva que se fue haciendo pequeño y oscuro, muy oscuro.

Rencor

Si no hacíamos una represa, el río iba a llevarse la mitad del cafetal. La corriente bajaba con fuerza del volcán, era un agua tumultuosa que arrastraba a su paso ramas, tablones o pedazos de lámina y hasta animales panza arriba, con el vientre hinchado, las patas tiesas y los ojos desbordados de sus órbitas. Si no hacemos una represa en doce horas, máximo en veinticuatro, perderemos la mitad de la cosecha, dijo el caporal. Luego me dijo que había tenido que ir a buscar gente a Galatea y a El Naranjo, porque para levantar la represa que hacía falta no alcanzaba con los trabajadores que había ese día en la plantación. Me pongo las botas y voy contigo, le dije. Estaba sentado en mi escritorio, revisando unas facturas y bebiendo café cuando el caporal había aparecido, con el sombrero en la mano y una cara de preocupación que me había puesto en estado de alerta. Ya llevamos las piedras y ahorita ya están los trabajadores levantando la represa, dijo mirando fijamente su sombrero y luego se lo puso, calado hasta las cejas, y yo vi aquello como una señal inequívoca de que había que irse inmediatamente. Me bebí el último trago de café, que ya estaba frío y solo sirvió para acrecentar el amargor que me había dejado uno de esos puros de San Juan de los Aerolitos que había prometido no volver a fumar. Esos puros le hacen daño, me había dicho un día Altagracia, y yo le respondí, después de una enorme bocanada: por eso los fumo. Una respuesta deplorable. Vamos para allá, le dije al caporal en cuanto me puse las botas, arrepentido de haberle dado al café ese último trago y con un galopante nerviosismo porque si el agua se llevaba el cafetal iba a tener que hipotecar la plantación. Iba a tener que dejarla en manos del licenciado Zamora, el dueño del banco de Galatea que, desde que mi padre había fundado ese negocio, esperaba, como un chacal, el momento de quedarse por fin con La Portuguesa. Y hace setenta años que La Portuguesa nos da de comer, pensaba mientras recorría con la vista la superficie de mi escritorio, buscando mis gafas y el teléfono, y algo de dinero por lo que pudiera ofrecerse. No es necesario que venga usted, yo nada más venía a avisarle de lo que está pasando, dijo el caporal no muy convencido, con la mitad del rostro cubierto por la espesa sombra que caía desde el ala de su sombrero. Ya sé que no es necesario, pero es importante que me vean ahí, le respondí ya enfilando hacia la camioneta, muy consciente de que mi presencia más bien molestaba al caporal, la sentía como una intromisión en sus dominios, como una muestra de la poca confianza que él creía que le tenía. Si vamos a empaparnos, no sé si deba llevar el teléfono, dije pensando en voz alta, quizá para hacerlo partícipe de mis cavilaciones, para que se sintiera tomado en cuenta y no solamente invadido y desplazado por su patrón. Lo llevo y lo dejo en la camioneta por si tenemos que llamar a alguien, añadí después de manera absurda, a lo mejor como un deseo, porque era muy claro que no tenía a quien llamar, todos los que podían ayudarnos estaban ya trabajando en la represa y además el teléfono, en aquella zona recóndita del cafetal, no tenía buena recepción. Había en el ambiente una humedad enfermiza, una especie de fiebre, una calina babosa que se embarraba en el cuello y en los brazos. Un rotundo gris de tormenta empezaba a condensarse, y en el aire se había quedado vibrando el estertor ronco de un relámpago. La lluvia va a complicarnos las cosas, dije, y luego ya no dije nada, ya estaba diciendo demasiado y las palabras ante lo que se avecinaba eran inútiles, no servían más que para poner nervioso al caporal. Mucho antes de llegar a la curva del río se oían los gritos de Fulgencio que, encaramado en la rama de un árbol, daba instrucciones a los hombres que levantaban la represa. La represa es mucho decir, se trataba de formar un buen montón de piedras para impedir que el agua invadiera el cafetal. La rama del árbol era muy gruesa y cruzaba de lado a lado el caudal del río, precisamente sobre la zona donde había que cortar el paso a la corriente. La veintena de hombres que colocaba las piedras con el agua hasta la cintura me produjo cierto alivio, y también el nivel del río que, a pesar del lodo que bajaba del volcán, no era todavía incontrolable. Subí al árbol donde estaba Fulgencio, ignorando la intransigencia del caporal, que buscaba disuadirme, y avancé a horcajadas por la rama hasta que llegué detrás de él. Casi brincó cuando oyó mi voz, el rumor del río más sus propios gritos le impedían oír otra cosa. Desde arriba de la rama el panorama era menos tranquilizador, el agua tenía una densidad siniestra, parecía un animal agazapado que en cualquier momento podía destramparse. En medio de la corriente, revuelta con un amasijo de hojarasca, yerbajos y ramas, pasó una cría de cerdo flotando de perfil, y dos peones tuvieron que abrirse para que el cadáver pudiera seguir su trayecto rumbo al mar. Tenemos que trabajar rápido porque ahí viene otra vez la lluvia, dijo Fulgencio a gritos y sin voltear a verme, sin perder detalle de lo que pasaba abajo con las piedras, con la misma concentración que lo absorbía cuando coordinaba a los peones en las faenas del trapiche. Voy a echar una mano, dije, y en cuanto comencé a recular por la rama empezaron a caer unas gruesas gotas de lluvia que pronto se convirtieron en un aguacero. Un fondo de relámpagos distante y espectral se veía detrás del volcán. Ya estaba empapado cuando llegué al suelo, el caporal me esperaba al pie del árbol, con un gesto que era el reflejo de su molestia porque me había trepado ahí, a hablar con Fulgencio, a hacer ver a los demás quién era el jefe y a usurpar según él su jerarquía. Me dijo, con una solemnidad que me pareció un poco ridícula, que iba a meterse al río, a sumarse a la cuadrilla que trataba de levantar el montón de piedras, y que, si pensaba meterme, era mejor que no me quitara ni la camisa ni las botas porque, con el agua tan revuelta como estaba, iban a mordernos los cangrejos. Y me lo dijo como si fuera yo un forastero, como si no hubiera nacido ahí mismo, en ese cafetal, como si no hubiéramos crecido juntos y yo no supiera de la existencia de los cangrejos. Iba a decírselo pero mejor lo seguí sin decirle nada, y en cuanto metí las botas al río recordé, seguramente por la cría de cerdo que acababa de ver desde la rama, la cantidad de cuerpos que había visto pasar por ahí. Desde que era un niño los había visto, flotando como barcazas con una engañosa placidez, como si al ser asesinados no hubieran conocido la violencia, el arrebato, el tajo de la muerte. No sé por qué a la gente de Galatea le daba por tirar a los muertos al río, los echaban ahí y se iban corriente abajo hasta el mar. Y después aparecían, revolcados por las olas, en Mandinga, como si se hubieran caído de un barco en altamar y hubieran recalado días más tarde en la playa. Una vez, hacía años, había causado mucho revuelo el cadáver de un hombre rubio que mi hermano y yo habíamos visto pasar flotando en el río desde una loma del cafetal. Era un cuerpo grande, probablemente de uno de esos gringos que llegaban a la selva enviados por la compañía Kimberly Clark a hacer prospecciones con sus teodolitos, a husmear para ver dónde podían instalar una fábrica de papel, aprovechando la materia prima de los cañaverales, que empezaban en el valle y subían hasta las faldas del volcán. Al final nunca podían instalar su fábrica, la gente se oponía, sobre todo los cañeros, nadie se explicaba para qué iba a servirnos una fábrica de papel en aquella selva, y los gringos acababan regresando a Estados Unidos con las manos vacías. Pero mientras hacían sus prospecciones, invariablemente acababan enredados con una mulata, perdían la cabeza por esas mujeres que los montaban hasta la extenuación mientras los obligaban a beberse la leche de sus pechos, y luego llegaba el marido o el hermano o el hijo a defender la honra de la familia, y mataba al gringo de un tajo de cuchillo en la garganta, o en las tripas, y lo echaba al río. El rubio que había causado el revuelo en Mandinga era uno de esos, nosotros lo habíamos visto pasar flotando desde una loma, pero la gente del mar había entendido que se trataba de un espía ruso, que se había caído de un barco militar o del puente de un submarino. Aquella historia fue publicada en el periódico y, por absurdo que pueda parecer, hizo sentir mucho orgullo a los habitantes de Mandinga, pues de pronto pensaron que solo un pueblo muy valioso podía ser objeto de una conjura internacional. Se sintieron importantes porque los rusos les habían echado el ojo. En esto pensaba yo mientras me metía al río detrás del caporal, con una lluvia tupida que empezaba a complicar el acarreo de las piedras, que no debían resbalarse de las manos. Pero sobre todo la lluvia era la evidencia de que en esa selva no había piedad para nadie, no había forma de escapar de su permanente tiranía. Llegamos, con el agua un poco más abajo de la cintura, hasta donde la cuadrilla manipulaba las piedras. No hubo necesidad de preguntar nada, el caporal, como si supiera más que yo, me indicó un hueco entre dos hombres donde podía ser de utilidad, y él se fue hasta el otro extremo de la línea, quizá para no estar junto a mí en esa situación tan delicada. Nos conocíamos desde niños, ya lo he dicho, yo era el hijo del patrón y el caporal, aunque era quien mandaba después de mí, era el hijo de la sirvienta, y aquello no tenía remedio, lo sobrellevábamos pero nunca habíamos podido tener una relación normal. En cuanto me incorporé a la línea, me pusieron en las manos una piedra enorme que pasé al trabajador que estaba a mi lado, y después otra y luego otra. Pensé con mucha ingenuidad que aquella faena con el agua hasta la cintura, y el aguacero que seguía cayendo con fuerza, nos uniformaba a todos, pero cuando me pasaron la quinta o la sexta piedra noté una mirada, una actitud, una forma de ponérmela en las manos que me hizo ver que no había forma de disimular mi jerarquía. Aquello me puso de un humor plomizo, un reflejo, un eco del color del cielo. Seguí pasando una piedra tras otra con la conciencia de que en lugar de aligerar el trabajo de esos hombres estaba yo siendo una molestia, un intruso, un impostor que jugaba a hacerse el menesteroso en medio de aquella cuadrilla que se esforzaba por salvar mi negocio de la inundación, pero ya era tarde para arrepentirse. Fulgencio gritaba con un brío contagioso desde arriba del árbol, parecía que estaba conectado a la dinámica de la naturaleza, a la fuerza del agua que bajaba del volcán, a la lluvia torrencial que pintaba la selva de un enérgico verdor. Fulgencio indicaba dónde colocar las piedras, su voz impetuosa se abría paso entre el rumor creciente del río y el escándalo de la lluvia que no amainaba. No pongas esa piedra ahí, te dije que del otro lado, Ramón, gritaba Fulgencio y no añadía ni un pendejo, ni un carajo, ni uno de esos me lleva la chingada tan característicos de él que se oían hasta en mi oficina, y que no decía porque yo estaba ahí, tratando de ser solidario con mis trabajadores, pero también genuinamente preocupado porque el río podía llevarse la mitad de la cosecha y me interesaba ayudar, estar cerca y no esperando, sentado en mi oficina, el informe del caporal. La lluvia perdió intensidad pero el nivel del río seguía subiendo, alimentado por el torrente de agua que bajaba del volcán. En una hora el agua había subido un poco más arriba del ombligo y eso complicaba el acarreo, porque había que sostener las piedras más arriba. El ritmo con el que trabajábamos, el esfuerzo físico que, cuando menos para mí, esa labor imponía, más el empuje continuado de la corriente me hacían de vez en cuando perder el pie. A veces había que moverse para dejar pasar lo que arrastraba el agua, un tronco, una puerta, un burro patas arriba con la barriga inflada. Patrón, tiene sangre en un brazo, me dijo el hombre que tenía a la izquierda, acercándose a mí para que lo oyera mientras me pasaba una piedra. Vi que efectivamente sangraba y que tenía un cangrejo prendido cerca del codo, y cuando estaba recibiendo la siguiente piedra vi que también tenía otro en el pecho, que se había metido entre los botones de la camisa. Me bastó verlo para sentir su pinza clavada en la piel. No había tiempo entre una piedra y otra para arrancarme los cangrejos, no podía quitármelos de un tirón porque la pinza iba a llevarse un pedazo de piel. La maniobra requería cierta técnica y no había tiempo porque en cuanto entregaba la piedra al peón que estaba a mi derecha ya me estaba llegando otra por la izquierda. La verdad es que poco me importaba la mordida de los cangrejos, estaba concentrado en el tránsito de las piedras, y también en resistir los continuos embates del agua que amenazaban con tirarme. Estaba precariamente parado sobre el fondo del río, que era una superficie irregular de piedras cubiertas de limo, había enterrado las botas en una zona más o menos pareja pero estaba consciente de que no tenía mucha libertad de movimiento. Ya había visto cómo uno de los peones se había caído y no quería ser yo el próximo. Luego observé que el peón que me había avisado tenía también un cangrejo prendido en el brazo, cerca del codo, y otro en la cintura. Hasta el otro extremo veía al caporal, acomodando las piedras que le iban llegando en el montón que improvisábamos entre todos y cuyos efectos ya empezaban a notarse, se veía que una parte de la corriente comenzaba a desviarse ligeramente, lo suficiente para que el agua no desbordara la curva y anegara el cafetal. Con eso bastaba, si lográbamos eso salvaríamos la cosecha. El caporal echaba de vez en cuando vistazos hacia donde yo estaba, lo había sorprendido dos o tres veces espiándome, esperando el momento en que perdiera pie, o se me doblaran las manos con el peso de una piedra y me fuera de boca al agua. O el momento en que simplemente me retirara y dijera lo siento, síganle ustedes, tengo que atender unos asuntos en mi oficina. Yo sabía que por eso me miraba con insistencia, porque esperaba que en cualquier momento iba a quebrarme. Él era dos años mayor y cuando éramos niños me hacía la vida imposible, me tiraba piedras, me lanzaba escupitajos con una cerbatana de carrizo, se orinaba en mi almohada y una noche se cagó dentro del cajón de mi ropa. Yo no hacía nada porque mi padre decía que había que tratarlo bien, que había que consecuentarlo, que era un niño que estaba en desventaja frente a mí, porque yo era el hijo del patrón y él, con los años, iba a terminar sirviéndome, así que, decía mi padre, hay que soportarlo aunque se cague en tu ropa. Además mi familia venía de España, era una familia de exiliados de la guerra y en estas tierras los españoles caían bastante mal. Éramos, a los ojos de esa gente, los descendientes de Hernán Cortés, los conquistadores, los explotadores que íbamos a quitarles sus tierras a los indios. Eso no es cierto, le había dicho al caporal en más de una ocasión, cada vez que me echaba eso en cara porque se le habían pasado los tequilas. Mi familia no le ha quitado nada a nadie, le decía, nos hemos ganado todo lo que tenemos con nuestro trabajo y además no es verdad que explotemos a nuestros empleados, la prueba es que estás bebiendo el mismo tequila que bebo yo y no el inmundo guarapo que sirven en la cantina. No era cierto que explotábamos a nadie pero a sus ojos sí lo era, y no había forma de convencerlo de lo contrario, por eso estaba yo ahí, pasando una piedra tras otra, con medio cuerpo metido en el río, mordisqueado por los cangrejos. Fulgencio gritó desde arriba del árbol que había que hacer un esfuerzo más y luego interpeló a uno de los peones, con sus gritos poderosos que se sobreponían sin dificultad al ruido de la lluvia y al rumor del río. Cada vez que Fulgencio gritaba algo a alguien, el caporal me miraba furtivamente, sin perder el ritmo con el que iba acomodando las piedras, para hacerme entender que a mí Fulgencio no iba a gritarme nunca por muy mal que lo hiciera, porque yo era el patrón y él, mi empleado, y aquello, a sus ojos, invalidaba mis esfuerzos por establecer la igualdad, el compañerismo. El caporal sabía que podía largarme de ahí, decirles me voy, muchachos, y nadie se hubiera atrevido a decirme nada, sin embargo yo seguía pasando una piedra tras otra para que fueran llegando puntualmente a las manos del caporal, y para que este las pasara al peón que las iba amontonando. Ya casi acabamos, patrón, me dijo el hombre que estaba a mi lado, ya puede irse, si quiere, nosotros terminamos lo que falta. Lo miré de frente, por primera vez, y vi que tenía un cangrejo prendido en la clavícula, cerca del cuello. Gracias, pero quisiera estar aquí hasta que terminemos, hasta que logremos desviar la corriente, dije mientras recibía la piedra que me daba. No sé cuántas piedras habíamos pasado hasta entonces, cientos de piedras, y eso que el caporal y yo nos habíamos incorporado tarde, cuando ya los peones llevaban parte del trabajo hecho. La corriente seguía trayendo un tronco, una silla, una rama todavía con hojas, otro animal patas arriba, y había que abrirse, dejarlo pasar sin moverse mucho porque en cualquier momento podíamos perder el pie. La desavenencia con el caporal se había recrudecido por algo que nos había pasado la semana anterior. Se había recrudecido pero con el tiempo seguramente iba a aligerarse, como había pasado toda la vida. Íbamos los dos en la camioneta, regresábamos de El Naranjo, muy animados porque habíamos vendido un montón de café al alcalde y, para celebrarlo, habíamos comido en la cantina del pueblo, y habíamos bebido un poco más de la cuenta, considerando que teníamos que regresar a La Portuguesa por un sinuoso camino de tierra y que ya empezaba a hacerse de noche. Yo había visto que el caporal estaba muy borracho, pero no me había atrevido a decirle nada. No me había atrevido ni a preguntar, ¿estás bien?, ¿quieres que maneje yo?, porque sabía que él iba a interpretarlo como un desplante de superioridad, los dos habíamos bebido y yo no tenía por qué, desde su punto de vista, resistir mejor el alcohol. Así que lo dejé enfilar la camioneta hacia La Portuguesa. Manejaba muy despacio, intentaba mantener el coche dentro del camino y de pronto frenaba violentamente, como si hubiera visto algo peligroso, un precipicio, una piedra o un animal cruzando por enfrente. Solo una vez le pregunté, porque me pareció que era muy evidente su mal estado, que si quería que manejara yo, y esa vez bastó para que, unos minutos más tarde, me echara la culpa por haberlo distraído, por haber ocasionado que se saliera el coche del camino y se quedara embarrancado en un lodazal. Solo una vez había intervenido porque calculé que yendo tan despacio no podía pasarnos nada, solo tardaríamos más en llegar, como cuando hacíamos esa misma ruta a caballo. Apenas llegaba a este arreglo conmigo mismo cuando el caporal se salió del camino y metió la mitad de la camioneta en la maleza, y las dos ruedas de adelante quedaron enterradas en el lodo. Lo primero que hizo fue mirarme con una cara de desconcierto que yo entendí como un gesto de cinismo. Con su asombro parecía decirme que eso que acababa de pasarnos no tenía explicación alguna y yo, aunque no debí decirlo, dije, con ese tono paternal que no soporta, ya ves, por eso te pregunté que si querías que llevara yo el volante. Su respuesta fue una mirada fulminante, ajena a la somnolencia que le había dejado la borrachera, y una maniobra torpe que consistió en meter reversa y acelerar a fondo, sin más resultado que una escandalosa humareda y que las ruedas se enterraran todavía más en el lodazal. Eran casi las nueve de la noche y estábamos ya bastante lejos de El Naranjo. Regresar andando era peligroso, había poca luna y podía sorprendernos algún animal, sobre todo los perros que iban en jaurías por la selva y que hacía poco habían matado a mordiscos un caballo. Lo habían mordido primero en las patas, a pesar de las tremendas coces que pegaba el animal, y luego se habían puesto a morderle la panza hasta que le sacaron las tripas. Los faros de la camioneta alumbraban la maleza, que era de un tupido verdor que hacía la noche todavía más negra, y alrededor de cada luz tonteaba un nubarrón de insectos. Apaga las luces, ordené al caporal de mal humor, porque de haber hecho lo que debía, de haber asumido mi responsabilidad y haberlo echado del volante a tiempo, no hubiéramos embarrancado a esas horas, en ese lugar lejos de todo, donde no había ni un alma ni pasaría ninguna hasta el día siguiente. En cuanto apagó los faros pregunté sin voltearlo a ver, mirando la oscuridad que hacía apenas un instante era un tupido verdor iluminado, y ahora ¿qué? El caporal, mirando hacia adelante, me dijo, con un tono que era el anuncio de una agria discusión, si no me hubiera usted puesto nervioso, no me habría salido del camino. Te saliste del camino porque estás borracho y no ves bien, por eso te dije que mejor manejaba yo, le dije. Tomé lo mismo que usted, dijo lacónicamente, desde ese punto oscuro a donde se iba cuando estaba furibundo. Ya sabía yo lo que venía, conocía a ese hombre mucho más de lo que hubiera deseado, y con todo y eso me equivoqué, aquella noche dijo algo que no había dicho nunca, algo que los dos sabíamos y que siempre habíamos callado. Y que seguiríamos callando a partir de entonces. Varias veces me había planteado indemnizar al caporal y sustituirlo por otro que no tuviera esa historia conmigo, pero era precisamente esa historia lo que lo hacía valioso para mí, imprescindible, porque más allá de la desafección que arrastrábamos desde niños, el caporal era un hombre que me ahorraba muchos problemas, tenía mano con los peones y conocía las máquinas y el negocio del café probablemente mejor que yo. Pensar en el esfuerzo que suponía instruir a un nuevo caporal me hacía desistir del proyecto de sustituirlo. Estábamos condenados el uno al otro, mi padre se había empeñado en que él fuera el caporal, lo había entrenado para eso desde que era un muchacho y yo lo había heredado cuando mi padre decidió dejar el cafetal y regresar a España. A su papá no le hubiera gustado cómo me trata usted, me dijo desafiante el caporal. No metas a mi papá en esto, te saliste del camino porque estás borracho, repetí. Entonces el caporal se quitó el sombrero y encarándome con dureza me dijo, no sé por qué dice usted mi papá, si sabe perfectamente que también era el mío. Y al decir esto se me quedó mirando desafiante, con la poca luna que había alumbrándole el perfil, acentuándole el rencor que le bullía en el ojo izquierdo. Eso no consta en ningún sitio, dije, y añadí, y ahora lo importante es ver cómo llegamos a estas horas a la plantación. No, dijo el caporal tajante, lo importante es que me dé usted mi lugar. Eres el caporal, carajo, exploté, eres el jefe de todos, no sé qué más quieres. Y tampoco entiendo por qué estamos hablando ahora de esto, dije. El caporal me dedicó una de esas miradas que me hacía dudar de la fidelidad a toda prueba que mi padre había visto en él, en momentos como ese tenía la impresión de que, en un descuido, ese hombre iba a meterme dos tiros. Cuando supuse que lo siguiente sería una torva andanada sobre lo injusto que era yo con él, el caporal cogió la escopeta que llevaba clavada entre los dos asientos, abrió la puerta y bajó de la camioneta. Voy a buscar ayuda, anunció, y después de agarrar la lámpara que llevábamos en la batea comenzó a desandar el camino hacia El Naranjo. Me dejó ahí, con la puerta abierta como muestra de su enfado, con ganas de decirle que su esfuerzo era inútil, que a esas horas no habría un alma que nos echara una mano. Lo vi irse, con la lámpara en una mano y la escopeta en la otra, y luego solo vi la luz hasta que desapareció por el camino. Quizá aquello era una evidencia más de la fidelidad que papá tanto apreciaba, me quedé pensando. El caporal anteponía su obligación a cualquier otra cosa, dejaba pasar la oportunidad de hablar conmigo, estábamos ahí solos, medio borrachos, sin nada que hacer hasta el día siguiente, me había tenido a su merced y mejor se había echado a caminar. Todo eran rumores que había oído, historias que le había contado algún mal intencionado y que se decían con insistencia en La Portuguesa. Se decían tanto que hasta yo las había oído, por boca de Altagracia, que me lo dijo con mucha vergüenza, mirándose los pies y retorciéndose las manos mientras hablaba. Altagracia me había contado la historia de manera enredada, a brincos, trasquilada por su nerviosismo, y además tratando de quitarse de encima al niño, que lloraba e insistía en quedarse abrazado a su pierna. Y yo la había escuchado con mucha atención, sin perder detalle de su boca, ni de su cuello largo, donde había dos lunares y un brillo de sudor que la ponía resplandeciente. Pienso a menudo en ese niño abrazado a la pierna de su madre, en su llanto ansioso y en la desesperación que había en su mirada. No sé cómo en un cuerpo tan pequeño podía caber tanto rencor. También es verdad que había escuchado con inquietud a Altagracia, porque a lo mejor añadía un dato que me iba a voltear la plantación patas arriba. Pero al final no había dicho nada nuevo, me había contado lo mismo que hacía años había oído decir a mi madre, que Susana, la mujer de uno de los peones, había ido a decirle que tenía un hijo del patrón, que papá llevaba años acostándose con ella y que no quería responder por ese hijo que su marido no aceptaba, y por eso iba a decírselo a mamá, para que hiciera algo por ese niño que, de otra forma, iba a quedar desamparado. Mamá no creyó una palabra de lo que Susana le dijo, pero tomó al niño bajo su protección, lo llevó a la casa, a hacer vida conmigo y con mi hermano. Mamá no creyó nada pero se hizo cargo, a lo mejor para cortar de golpe el escándalo que veía venir, porque hacerse cargo del problema era una forma de acabar rápidamente con él, de liquidarlo. Mamá no creyó nada, pero reaccionó como si hubiera creído. Años después vi a mi padre en la puerta de la casa de Susana, era de noche y hablaba muy bajito para que nadie más lo oyera. Dentro de la casa lloraba un niño, o varios, porque esa mujer estaba siempre rodeada de niños, como todas las mujeres de La Portuguesa, que apenas estaban amamantando una criatura cuando ya esperaban otra. Mi padre estaba ahí arrodillado, tratando de hacerse entender entre los gritos de los niños, y en cuanto pude verlo más de cerca me di cuenta de que lloraba, tenía la cara mojada por las lágrimas. Papá tendría entonces cincuenta años, yo tendría quince y podía figurarme perfectamente lo que estaba sucediendo. Papá le suplicaba a Susana que lo dejara entrar, que lo dejara estar con ella una vez más, y ella guardaba silencio, no decía nada, solo se oía el llanto de los niños. Estuvo suplicando hasta que oyó que se aproximaba Leandro, el marido, que venía de la cantina dando tumbos y papá se fue antes de que llegara, se fue silenciosamente, selva adentro, y ya me dio pena seguirlo. Yo había estado con alguna de esas mujeres y sabía que podían volverlo a uno loco, te invadían el corazón y luego te echaban con violencia de su casa, entre los gritos de los niños y los ladridos de los perros. Así que al final no había nada que decir, por eso el caporal se había bajado de la camioneta y se había ido a buscar ayuda, había huido de esa conversación que no tenía caso sostener. Nunca sabríamos con certeza si era hijo de mi padre, o del mismo Leandro, o de alguno de los gringos de la Kimberly Clark. Nunca sabríamos nada porque Susana y mi padre ya habían muerto. Una hora más tarde oí que por el camino se aproximaban dos caballos, a esas horas no podía ser más que el caporal que, como siempre, había resuelto el problema. Había pedido prestados esos dos animales, o los había comprado o secuestrado, no me importaba, lo único que deseaba era llegar cuanto antes a La Portuguesa.

Finalmente dejó de llover. Fulgencio gritó desde arriba del árbol, ¡viene una vaca! Tuvimos que abrirnos para que pasara el animal, que traía la cabeza partida, se habría golpeado contra una piedra al ser arrastrada por la corriente. La represa había conseguido desviar el curso del agua y el cafetal parecía a salvo. Yo tenía las manos entumidas y la sensación de que, mientras pasaba una piedra detrás de otra, los cangrejos me habían mordisqueado todo el cuerpo. Cuando pasamos la última piedra y Fulgencio gritó que ya podíamos salir del agua, noté que el caporal volvía a mirarme con insistencia, esperaba que me derrumbara, o que me quejara ruidosamente del cansancio. Quizá esperaba que pegara un par de gritos, como hacía mi padre cuando algo le molestaba, y como hago yo de vez en cuando, aunque trato de contenerme. Altagracia me había contado que el caporal decía que yo gritaba como un salvaje, como español, y que los peones me tenían mucho miedo, igual que se lo tenían a papá cuando gritaba. Salí del agua junto con todos sin decir nada, y mi actitud impuso un silencio general, todos iban saliendo del río y sin decirse nada se iban quitando los cangrejos que traían prendidos en las piernas, en el torso y en los brazos. Había que apretarlos fuerte con los dedos hasta romperles el caparacho, así abrían la pinza y podíamos quitarlos sin que se llevaran un pedazo de carne. Fulgencio bajó del árbol y fue directamente a hacerme un recuento aventurero de esa gestión que yo acababa de presenciar. Lo has hecho muy bien, Fulgencio, dije en voz alta para que todos oyeran, y aproveché el silencio que había, subiendo un poco más la voz para imponerme al rumor del río, y al zumbido de los insectos que a esas horas ya tenía un volumen desquiciante, para agradecer a todos ese esfuerzo, esa labor titánica de desviar el curso del río, precisamente así lo dije, y añadí que tendrían un estímulo económico al final del mes, también lo dije precisamente así, mientras me arrancaba un cangrejo del codo, y ahí mismo instruí al caporal para que se encargara de coordinarlo con Rosita, la mujer que llevaba las cuentas de la plantación. Nadie dijo una palabra, hubo alguna mirada que yo quise entender como un gesto de agradecimiento y nada más, todos estaban muy ocupados despanzurrando los cangrejos que tenían prendidos por todo el cuerpo. En algún momento había pensado que lo propio era ordenar una gran comida e invitarlos a todos, agradecerles, de manera contundente, que acababan de salvar la cosecha, pero pensé que era mejor el dinero, era más aséptico y yo me exponía menos. Mientras despanzurraba los cangrejos que me martirizaban las piernas, a pesar de que llevaba los pantalones de trabajo, me había imaginado la crítica velada del caporal que, sin decirme nada, me habría hecho saber que eso de la comida era un grosero desplante palaciego, por eso desistí, lo dejé todo en una compensación económica y, cuando logré quitarme todos los cangrejos de encima, volví a agradecer el esfuerzo de todos, le di la mano a Fulgencio y después comencé a caminar hacia la camioneta. El caporal salió detrás de mí y luego todos se dispersaron, ya era tarde, así que algunos emprendían el camino a sus casas y otros, la mayoría, a la cantina. Llegué a la camioneta antes que el caporal, y al sentarme percibí un escozor en las piernas que, calculé, no iba a dejarme dormir. Pensé que llegando a la casa iba a pedirle a Altagracia algún remedio, uno de esos ungüentos que preparaba la chamana y que quitaban cualquier dolor. El caporal se subió inmediatamente después, muy serio y, supuse, también con las piernas hechas pedazos. ¿A la casa?, preguntó con mucha solemnidad mientras prendía el motor y los faros, porque ya empezaba a anochecer. Sí, le respondí. En lo que recorríamos, dando tumbos, la brecha del cafetal, aprovechó para decirme, acomodando sus palabras entre los rechinidos que hacían los muelles y la portezuela de la batea, que a los peones les habían gustado mucho mis palabras. Luego se quedó callado y yo entendí, por la forma en que se abismó frente a su propio silencio, que me había faltado agradecerle a él. De pronto tuve la certeza de que si no decía algo inmediatamente, añadiría un rencor más a nuestra cadena de rencores, así que, sin dejar que corriera más el tiempo, le dije, agradezco mucho tu esfuerzo, Miguel, y también que me hayas ido a avisar, a lo mejor debería hacer esto más seguido, trabajar codo a codo con los peones. El caporal no dijo nada, siguió conduciendo en silencio y yo me quedé tranquilo de que había logrado allanar ese rencor.

El pájaro

Caminaba por los pasillos del mercado, metiéndome entre las piernas de la gente y esquivando pilas de cajas de madera y alteros de fruta y de verdura, de cazuelas, de artefactos metálicos invadidos de óxido y de herrumbre, iba con los pies manchados por el lodazal que recubría el suelo y que estaba tachonado de vísceras, de restos largos y retorcidos de animal, de verduras en el límite de la putrefacción, de cáscaras, de gajos, de huesos y semillas, de legumbres mustias y renegridas de tanto que las habían pisado, y yo caminaba cada día por ese lodazal, andaba con cierta ansiedad por esos pasillos llenos de materia viva, al borde de la descomposición, porque Galatea estaba en el trópico, hacía un calor que provocaba delirios y todo se pudría a una velocidad pasmosa, se pudrían las frutas y las legumbres, se pudrían las reses y los cerdos que colgaban desollados de unos garfios negros, se pudría el maíz, el frijol, las habas y las galletas saladas, y también se pudrían las sardinas y el atún dentro de las latas, y todo aquello despedía un olor hiriente, penetrante, incisivo, y aquel hedor de la materia en proceso de putrefacción rodeaba a la muchacha, le caía encima como un manto mientras doblaba el torso encima de un altero de cajas de fruta, y recibía los embates de un hombre que había bajado de la sierra a comprar frijol, o aguardiente o cigarros o un puñal, y que aprovechaba para saciarse con esa muchacha que me miraba a mí, y me decía cosas, como si el hombre que jadeaba entrando y saliendo de su cuerpo no estuviera ahí, como si ella no hubiera estado con la cabeza ladeada encima de una caja de fruta, mientras su cliente la zarandeaba y la volvía una pieza inanimada, un objeto, una cosa, y no obstante la muchacha me hablaba y, de vez en cuando, espantaba a un perro que se acercaba a olisquearle los pies y las rodillas, y el sexo por donde el campesino entraba y salía, y a mí ella, con su cabeza violentamente ladeada sobre la caja de fruta, me parecía el vértice de aquel universo de materia que palpitaba velozmente hacia la descomposición, ella era el origen y el final y la razón de ser de toda esa vida que olía a podrido y, cuando me hablaba, veía cómo todo y yo mismo girábamos en torno a ella y al final, cuando el hombre terminaba y le daba el dinero, la muchacha se sentaba en una caja, se subía la falda, abría las piernas frente a mí y, con el agua que iba cogiendo de una palangana, se lavaba escrupulosamente, se tallaba y se metía los dedos para deshacerse hasta del último resto de ese hombre que ahora compraba frijol, cigarros o un puñal, y la muchacha dejaba escurrir al suelo esa agua que le salía de dentro y que se iba integrando al lodo, al fango, a la cochambre, a esa masa de materia viva que me manchaba los pies, y mientras se lavaba me seguía diciendo cosas, las cosas dulces que dice una mujer a un niño, y yo no hacía más que mirarla sin parpadear, y pertrechado detrás de unos costales de harina veía cómo se secaba con un trapo y cómo, unos minutos después, volvía a doblarse sobre el altero de cajas de fruta, con la cabeza ladeada sobre un montón de mandarinas, y volvía a levantarse la falda para recibir a otro hombre, y yo pasaba horas contemplando su quehacer, inmóvil, fascinado, medio oculto detrás de los costales, atendiendo de reojo las escaleras de hierro oxidado que comunicaban el mercado con el piso superior, donde había una docena de cuartitos oscuros que yo tenía prohibido visitar, porque dentro sucedían cosas de las que un niño como yo no debía enterarse, cosas de mi tío, que poseía uno de aquellos cuartitos para hacer nadie sabía bien qué, y por si acaso yo miraba esa escalera que caía en el centro del mercado, como el miembro tullido de un artrópodo, con una articulación a la mitad que me hacía pensar que el artrópodo estaba a punto de saltar, y que se llevaría con su salto el techo del mercado, y todo lo que me preocupaba de aquella situación era lo que iba a pasar con la muchacha que estaba ahí, indefensa, a la hora de que sobreviniera el escándalo del artrópodo brincando y llevándose por delante el techo, y cayera sobre ella el denso polvo del derrumbe, y luego un magnífico rayo de sol que le haría ver, ahí mismo, que iba a morir, con ese hombre de sombrero y machete y huaraches que la embestía y que estaría distraído, abismado en la visión de su nuca nervuda, de su pelo amarrado con un broche de mariposa, del vaivén de su cabeza sobre la caja de mandarinas, y tanto como el salto del artrópodo me preocupaba el descenso de mi tío por la escalera, lo que iba a pensar cuando me viera contemplando a la muchacha, y las consecuencias que aquello iba a tener, porque yo era un niño de diez años que desaparecía todas las mañanas, que se iba de la plantación a caminar por la selva sin que nadie se preguntara dónde estaba, así se vivía ahí, sin ninguna preocupación, era la única forma de subsistir a ese entorno hostil, no pensando en todos los peligros que acechaban a un niño en esa selva, ignorando las víboras de cascabel, los coralillos y las nauyacas, ignorando los alacranes, las capulinas y las viudas negras, no pensando en los tigrillos ni en los perros salvajes que se comían a los corderos y a las gallinas, ni en los vecinos que nos detestaban por no ser como ellos, por no hablar en náhuatl ni en otomí, ni en popoluca, ni en zapoteco, ni en zoque, ni en mixe, ni en chinanteco, ni en tepehua, ni en tutunakú, que nos tenían aversión por no ser la punta de una infinidad de generaciones que habían nacido en esa tierra, y mis padres no pensaban en nada de esto porque no hubieran podido vivir, habrían tenido que encerrarme en una habitación, o sacarme de esa selva y llevarme a la ciudad, vivíamos ahí y la forma de subsistir era ignorando el entorno, y aquella libertad que me daba el no pensar de mis padres, el no querer saber dónde estaba, me permitía ir todos los días a ver a la muchacha al mercado de Galatea, en lugar de ir, como mis padres pensaban, a pescar ajolotes al río, o a cazar pájaros a pedradas, o a jugar beisbol con los negros de Ñanga, o de caminar a la deriva por las veredas que iba invadiendo la maleza y que me llevaban a un pozo, a un barranco, a un estanque de agua clara y fondo verde, a un establo de ponis, al caparazón oxidado de un Volkswagen, a una cantina sepultada en la espesura de la selva donde hombres, mujeres y niños bebían guarapo hasta caerse al suelo, donde yo mismo alguna vez me había emborrachado seriamente, me había caído al suelo y me había despertado, horas más tarde, bañado en vómito y en brazos de uno de los negros de Ñanga que me llevaba a casa, ante mis padres, que no podían explicarse, o quizá se lo explicaban perfectamente, cómo su niño, que tenía diez años, podía llegar en ese estado a casa, borracho, delirante, nauseabundo, y digo que quizá se lo explicaban perfectamente porque tres o cuatro años después me sacaron de ahí, dejamos la plantación y fuimos a vivir a la ciudad, para que yo fuera a una escuela, para salvarme de los peligros de la selva y, sobre todo, del riesgo permanente de vivir en el trópico, de esa vida que late desbocada y que está a punto de desmadejarse, a un segundo de la descomposición y de la putrefacción, de esa vida extrema que acorta la vida de la gente, de esa intemperie atroz, de esa podredumbre que orilla a los niños a crecer muy pronto, a beber alcohol muy pronto, a tener sexo muy pronto y a consumirse, y a vaciarse y a morirse demasiado pronto, y un día mi padre dijo que era crucial sacarme de ahí, para que no terminara alcoholizado a los quince años en la cantina, que era necesario buscarse otra vida en la ciudad, y vivir en un edificio, y caminar por una calle, y comer en un restaurante e ir al cine, esas cosas que se hacen normalmente en las ciudades y que no eran normales para mí, porque yo era un niño del campo, de la selva, que a los diez años exploraba aquellas veredas invadidas por la maleza y que me llevaban a una parcela sembrada de caña de azúcar, a una porqueriza, al campamento de un grupo de ingenieros que proyectaba una carretera, a la rama de un árbol cargado de pájaros que yo me empeñaba, una y otra vez, en matar a pedradas, y a la cantina, donde con todo y mi penosa experiencia seguía yo recalando, seguía aceptando el guarapo que me daban, era un niño de diez años y a nadie le importaba ni yo ni los otros niños, porque los mayores estaban en su propia órbita, conversando, jugando al dominó, bebiendo solos para pasar el rato o para borrar un episodio funesto, o metiéndole mano a alguna de las mujeres que asistían y se dejaban tocar porque en esa selva, en donde todo estaba a punto de acabarse, no había tiempo para andarse con remilgos, y fue ahí, una tarde tórrida de primavera, cuando vi por primera vez a la muchacha, sentada en una mesa frente a un vaso de aguardiente, con el pelo revuelto y la camisa medio abierta porque un hombre de sombrero que estaba arrodillado detrás de ella le metía la mano para tocarle los pechos, iba de uno al otro con una suavidad que contrastaba con su tipo hosco, con su sombrero manchado de lodo, con el machete que le colgaba del cinturón y que, arrodillado como estaba, tocaba el suelo con la punta, con sus pies, que parecían dos tortugas apenas contenidas por las correas de los huaraches, todo eso veía yo pero sobre todo a la muchacha, que me miraba y me decía que era yo un niño muy guapo, y me preguntaba que si me gustaba su boca, y sus ojos y su pelo, y yo no respondía nada porque estaba concentrado en la mano de aquel hombre que, oculto bajo el ala manchada del sombrero, le exploraba los pechos, mientras ella me observaba con curiosidad y me preguntaba que si me gustaban sus piernas, y sacaba una por debajo de la mesa y se pasaba la mano de la rodilla hasta el muslo, como si estuviera acariciando un perro, y con la otra bebía un trago de su vaso, y yo tenía la impresión de que en ese espacio lleno de gente que bebía y conversaba y se metía mano estábamos ella y yo solos, y que no existía ni el campesino que tenía encima y que ahora le besaba o le mordía el cuello aunque la muchacha, sin dejar de mirarme a mí, le decía que eso no, que la dejara en paz, que se fuera con otra, pero se lo decía sin ninguna energía, sin ninguna autoridad, como si en realidad no quisiera que se fuera, y mientras trataba de apartarse, de quitarse esos besos o esos mordiscos, me preguntó, después de darle otro trago a su vaso y de mirarme fijamente, con esa lejanía que impone el aguardiente entre los ojos y aquello que miran, que si me gustaría tocarle los pechos, y al decir esto metió ella misma la mano debajo de su camisa y la puso, según pude apreciar, encima de la del campesino, y me miró de tal manera que me asustó, me hizo levantarme y salir de la cantina, me hizo caminar desconcertado por la vereda rumbo a casa, desasosegado por la forma en que me había mirado, y por lo que me había dicho, y a pesar del susto no dejé de pensar en ella, en su boca y en sus ojos, en las cosas que me había dicho, y en la mano tosca del campesino que iba de un pecho al otro, y al pasar de los días lo que quedaba era ese ofrecimiento, la inquietud que había logrado sembrar en mí, la posibilidad de meter la mano si quería, si lograba juntar el valor, si conseguía atreverme, y una semana más tarde, intoxicado por la posibilidad de tocarla, fui al mercado, porque el hijo del caporal me había dicho que las muchachas que iban en la tarde a la cantina trabajaban en el mercado de Galatea, así que fui, en lugar de ir a pescar ajolotes, o de ir a matar pájaros a pedradas, fui a meterme entre los puestos de fruta y de verdura, en medio de la podredumbre de los pollos y los mariscos y los pescados, fui a meterme en ese lodazal que cubría el piso y me manchaba los pies mientras miraba entre los puestos buscando a la muchacha, a esa muchacha específica que había abierto para mí la posibilidad de meterle la mano, de tocarle los pechos, una posibilidad que al principio me había dado pánico y terror pero que, una semana después, ya deseaba, pensaba obsesivamente en mi mano metida por la abertura desabotonada de su camisa, y pensaba exclusivamente en ella, no me importaban las otras que iba encontrando mientras la buscaba, las muchachas que iba viendo entre los puestos, arriba de las cajas de madera, envueltas en toda aquella putrefacción sembrada de moscas y de perros y del lodazal infecto y del penetrante olor de la materia descompuesta, de esa vida tan viva que estaba al borde de la muerte, sobre ese mismo borde iba caminando yo, buscándola, tropezándome a cada momento con otra muchacha que ya tenía un hombre encima, o detrás, o que estaba a horcajadas arriba de él, a un hombre que había bajado del cerro, o salido de la selva, para comprar sal, o pilas, o un pollo, o un formón, y que aprovechaba para amar a esa muchacha del mercado con la que quizá, como me pasaba a mí, soñaba, pasaba sus días en la sierra pensando en ella, su vida en la huerta de mangos, su vida en el establo o en el cafetal, y quizá allá en la selva tenía una pareja a la que montaba y le tocaba los pechos pero la que de verdad le gustaba era la muchacha del mercado, como le pasaba a mi tío, que tenía a su esposa en el cafetal y otras opciones, que le gustaban más, en ese departamentito del piso de arriba, así caminaba yo por aquellos pasillos infectos y putrefactos, sintiéndome parte del cosmos masculino que acudía ahí buscando una respuesta a ese enigma elemental, que era también el mío desde que lo había fundado la muchacha, esa mujer a la que buscaba yo con creciente ansiedad, desconsolado por la posibilidad de que no estuviera ahí, de que al final no fuera una de las muchachas del mercado, y la idea de no volver a verla me cortaba la respiración mientras buscaba entre los puestos y veía a las otras, solas o con sus hombres o hablando entre ellas, y estaba yo al borde de la desesperación cuando finalmente la vi, con medio cuerpo recostado sobre una pila de cajas de madera delante de un hombre de sombrero, que había bajado del cerro, o salido de la selva, para comprar pimienta, o pescado o una linterna, y aprovechaba para amarla, para entrar y salir de ese cuerpo que yo a esas alturas también amaba, y en cuanto estuve frente a ella, y ella volvió a mirarme y a sonreírme, tuve la certeza de que nunca podría atreverme a meterle la mano y tocarle los pechos, y empecé a temer el momento en que volviera a ofrecérmelo, empecé a tener pánico pero me quede ahí mirándola, oyendo cómo me decía que estaba muy guapo y cómo me preguntaba que si me gustaría hacerle lo que le hacía aquel hombre, me quedé ahí pertrechado detrás de los costales de harina, a una prudente distancia de esa mujer que me fascinaba y me horrorizaba y no me dejaba dormir, me quedé pertrechado en un ángulo que me permitiera vigilar también que no bajara mi tío por las escaleras, que no abandonara su departamentito y me encontrara ahí, mirando a la muchacha, tan cerca de eso que hacía en el piso de arriba y que yo había visto una vez, hacía unos meses, espoleado por las cosas que había oído, cosas raras, turbias, que no podían ser verdad porque mi tío estaba casado con mi tía, y vivía con ella, y venían los dos a casa los domingos, y aquello que había oído no tenía pies ni cabeza, no coincidía con lo que yo veía en mi tío, pero tanto se insinuaba que un día fui a ver, y lo que vi entonces me hizo jurar no volver nunca por el mercado, hasta que la muchacha me hizo romper mi juramento, me hizo buscarla por todos los puestos, entre la materia putrefacta y las moscas y los perros, me hizo arriesgarme a que mi tío me viera ahí y se enfureciera conmigo y me metiera en un lío con mis padres, que pensaban que yo estaba pescando ajolotes o bañándome en el estanque o aniquilando pájaros a pedradas, y no rompiendo el juramento que me había hecho a mí mismo una mañana, unos meses antes, cuando acompañaba al hijo del caporal a comprar unas tijeras, veinticinco metros de cuerda, cuatro latas de aceite para maquinaria agrícola, y mientras él buscaba lo que su padre le había encargado yo husmeaba por ahí, no sabía todavía de la existencia de las muchachas y husmeando me encontré al pie de las escaleras, esa articulación de artrópodo a punto de saltar, con unos escalones gruesos de hierro oxidado que subían hasta una boca de lobo, hasta una bóveda oscura, y comencé a subir y a sentir cómo el calor apretaba a medida que subía los escalones, a medida que me iba acercando a esa noche cerrada que había permanentemente en el segundo piso del mercado, una noche que era un desacato, un exabrupto, un desafío al sol que caía a saco a la intemperie y que ahí, en esa boca de lobo, solo servía para recalentar las láminas del techo y producir un calor infernal, dañino, que exacerbaba todavía más el olor de la putrefacción, y en cuanto llegué al último escalón me pareció imposible que alguien pudiera soportar ese calor y ese olor y tuve que hacer un esfuerzo para no quebrarme y bajar corriendo en busca de un aire menos putrefacto, y aquel esfuerzo lo hice porque cuando estaba concluyendo que ahí lo que había era una bodega donde se guardaban cosas, un tiradero donde se concentraban cáscaras, pellejos, verduras echadas a perder, oí una risa cristalina de mujer que venía del sitio donde relumbraba el halo débil de una vela, que apenas pintaba las láminas del techo y que poco a poco, en lo que yo hacía el esfuerzo para no escapar, fue señalándome el camino, mis pupilas comenzaron a adaptarse a la oscuridad y yo vi que, entre la multitud de pilas de cajas de madera y las montañas de basura que copaban el lugar, había un paso que llevaba al punto exacto de donde había salido la risa cristalina, y pensé entonces que si una mujer había llegado hasta ahí y se reía, quería decir que yo fácilmente podía aventurarme entre los alteros de cajas y los cerros de basura sin exponerme a ningún peligro, y así comencé a hacerlo, a caminar rumbo a la risa que desafiaba aquel espacio que era turbio, espeso, oscuro, y por más que la mujer al fondo era la evidencia de que en esa oscuridad no había ningún peligro, empecé a sentir terror de avanzar en medio de las cajas y la basura, por ese suelo que no se veía y que podía estar infestado de bichos, de ratas, de alacranes y serpientes, pero por alguna razón pensé que llegar hasta el otro lado, hasta la luz dubitativa de la vela, era imperativo y necesario, y que si no lo hacía iba a lamentarlo el resto de mis días, iba a quedarme sin saber qué clase de criatura era esa que podía reírse en medio de aquella inmundicia, de aquella pestilencia y de aquel calor asfixiante que me hacía sudar copiosamente, y no sé por qué pensaba yo todo aquello, por qué me empeñaba en recorrer la bodega, quizá quería ver si era capaz de hacerlo, no lo sé, yo era un niño de diez años que actuaba por impulso, por curiosidad y por impulso, por miedo y por impulso, y el caso es que mientras me animaba a recorrer el trecho de bodega que había hasta la luz de la vela, que era un trecho largo, la mitad de la superficie del mercado, el hijo del caporal ya había comprado las tijeras, la cuerda y el aceite, y me buscaba con cierta inquietud, porque él era el hijo del caporal y yo era el hijo de los dueños de la plantación, de los patrones de su padre, y si algo me pasaba a mí por culpa de él iba a meterse en un gran lío, así que me buscaba ansioso por todo el mercado, mientras yo daba los primeros pasos en esa oscuridad infecta y putrefacta, unos pasos tímidos, sumamente cuidadosos, como si mi pie fuera a caer sobre la cabeza de una serpiente, o se fuera a ir por un abismo, que era otra de las posibilidades que ofrecía tanta oscuridad, y cuando llevaba quizá una docena de pasos, quizá muchos más, cuando ya iba muy adentro, oí que la mujer no estaba sola, pero lo que oí no fue otra risa sino otro cuerpo que se movía, un reacomodo, un desplazamiento de lo que parecían dos o tres cuerpos y que inmediatamente me hizo sentir acobardado, me hizo pensar que lo sensato era abandonar, salir huyendo, escapar de aquella concentración de materia putrefacta, pero cuando volteé hacia atrás, hacia la escalera, vi que ya era tarde para regresar, que la luz que subía desde el mercado no estaba tan cerca como yo creía y consideré que lo mejor era terminar con eso cuanto antes, seguir avanzando, cumplir con mi objetivo, insistir en el riesgo de pisar la cabeza de una víbora o dar con el pie en un abismo, y mientras me sucedía o no, avanzaba con un cuidado excesivo hacia el resplandor de la vela, oyendo cada vez más el murmullo de los cuerpos, ¿otras mujeres de voz cristalina?, me preguntaba yo mientras atendía con aprensión los ruidos que salían de las cajas de madera y de las montañas de basura, chasquidos, chillidos, una carrera larga entre los desperdicios, el tenaz mordisqueo de una hoja de lechuga y el vuelo de las moscas que iban en oleadas de una cima a otra de la basura y que me obligaban a manotear en cuanto las sentía en la nariz, o en la boca, o en las piernas, a manotear con vehemencia porque a un niño de la plantación lo había colonizado una mosca, lo había picado, o inoculado o mordido, no se sabía bien, pero el caso es que un día había amanecido con un bulto en la rodilla, y al día siguiente con uno en el codo, y cuando crecieron demasiado los tumores su padre los sajó y lo que salió de ahí fueron miles de larvas blancas de mosca que, enloquecidas por la luz del sol, comenzaron a arrastrarse por la pierna y por el brazo del muchacho y después de aquello, cada vez que se cumplía el ciclo, al muchacho volvían a salirle dos o tres bultos, en el otro brazo o en la ingle, o uno muy aparatoso en la nuca, todos llenos de larvas blancas que enloquecían al ver la luz del sol, de manera que yo me espantaba vehementemente las moscas, no quería que me colonizaran, no quería bultos en el cuerpo y mucho menos en el cuello ni cerca de la cara, no quería que me tocaran las moscas, me repugnaba el olor de la materia putrefacta, temía las alimañas y detestaba la oscuridad y el calor dañino y sin embargo seguía adelante, quería ver quién era la mujer de la risa cristalina, aunque ahora que lo pienso la risa no era más que la coartada que había elegido para enterarme de lo que en realidad pasaba ahí, porque algo había yo oído en casa, durante la comida, en un secreteo entre mis padres, en una conversación de esas que tienen los mayores cuando creen que los niños ya están dormidos y no los oyen, algo había yo notado en mi tío, en la manera en que se conducía y en la forma en que hablaba con su mujer, algo había notado que no podía definir, porque tenía diez años y a esa edad estaba yo más lejos de la razón que del impulso, algo había oído de mi tío y ese día, mientras el hijo del caporal me buscaba desesperadamente entre los puestos, yo avanzaba hacia esa revelación que estaba fuera de mi alcance y, simultáneamente, a punto de presentarse ante mí, por eso resistía la oscuridad y las alimañas y el calor y el feroz olor de la putrefacción que me llenaba de miasma la ropa, la piel y los pulmones, y que me hacía jurar que saliendo de ahí iría a tirarme al estanque para quitarme la pestilencia de encima, porque no podía llegar a casa así, porque enseguida iban a preguntarme que dónde me había metido y enseguida atarían cabos y, súbitamente aliviado por la perspectiva de tirarme más tarde al agua, recorrí los últimos metros que me faltaban para llegar a la habitación que tenía el resplandor de la vela, porque ya para entonces me había dado cuenta de que toda esa planta estaba llena de cuartitos, de pequeños habitáculos que serían, eso pensé, bodegas para guardar la mercancía, y que se utilizarían al principio o al final de la jornada, no a media mañana, no a esas horas en que yo me aproximaba a la luz y, procurando no hacer ni el más mínimo ruido, me situaba detrás de una pila de cajas de madera, para ver por fin a la mujer de la risa cristalina, y lo que vi, con un asombro que me cortó la respiración y me hizo pensar que iban a fallarme las piernas, fue a mi tío recostado, con los ojos cerrados, completamente desnudo, dejándose hacer cosas por un niño, también desnudo, de mi edad, la imagen me dejó petrificado y mi tío, como si hubiera presentido que yo lo estaba observando, abrió de golpe los ojos y miró hacia donde estaba yo, escondido detrás de las cajas y protegido por la oscuridad, abrió los ojos y después los cerró, como si acabara de asegurarse de que nadie lo veía, y yo estuve todavía un rato viendo hacer al niño, buscándole un sentido a esa escena extravagante, y al cabo de un rato me fui, regresé sobre mis pasos sin hacer ruido, procurando no pisar ninguna alimaña y espantándome las moscas hasta que llegué a la escalera, a esa extremidad de artrópodo que caía en medio del mercado y que yo vigilaba con cierta ansiedad mientras veía a la muchacha recostada sobre la caja de mandarinas, soportando el vaivén que le imponían los embates del campesino, con sus pies descalzos metidos en el lodo que cubría el suelo, mirándome y preguntándome si me gustaría hacerle lo que ese hombre le estaba haciendo, y yo no decía nada, no sabía qué contestar, no podía dejar de verla pero no estaba seguro de querer tocarla, ni de querer meterme en su cuerpo como hacia ese hombre que ahora gemía y se movía más deprisa y después se dejaba caer rendido sobre ella, ¿te gustaría?, parecía decirme la muchacha con los ojos, y yo no decía nada y procuraba mantenerme alerta, y cada día que regresaba la veía hacer lo mismo, desde mi refugio detrás de los costales, la veía pasearse, asomarse, echar el anzuelo que muy pronto picaba otro hombre, un campesino que había bajado del cerro o salido de la selva y que antes de comprar tornillos, ajos y tela de mosquitero tenía un encuentro con la muchacha, le daba dinero y ella recostaba medio cuerpo en la pila de cajas de madera y él entraba y salía de ella un ratito hasta que terminaba y después se iba sin decir nada, y entonces ella se sentaba en la caja a limpiarse, a quitarse de dentro lo que le había metido ese hombre, abría las piernas y se lavaba con agua que cogía de la palangana, se metía los dedos para sacarse hasta el último rastro y mientras hacía eso me miraba y me decía, ¿te gusta?, ¿quieres limpiarme tú?, y yo no decía nada y a veces esperaba a que llegara otro hombre, en silencio, en mi refugio detrás de los costales, pero otras veces me iba, abrumado y desconcertado por mi reacción, porque no sabía qué hacer, todo el tiempo pensaba en la posibilidad de acercarme a ella, de meterle la mano debajo de la camisa, y algunas tardes recalaba en la cantina donde la había visto por primera vez, a ver si la encontraba y entonces me animaba a tocarla, pero la muchacha nunca volvió a aparecer por ahí, era una mujer que se metía en muchos líos, según me había dicho el hijo del caporal, porque yo algo le había contado, le había dicho que la muchacha me parecía bonita, pero no que iba a mirarla cada día, ni que ella me decía cosas ni que me invitaba a tocarla, ni tampoco había tenido valor para preguntarle al hijo del caporal si había estado con alguna de las mujeres del mercado, ni si había estado con la mía, no quería que me viera demasiado interesado, ni quería despertar sospechas, y así seguí, haciéndole visitas clandestinas a la muchacha, visitas distantes desde mi sitio detrás de los costales de harina, mirando de reojo la escalera mientras oía todo eso que me decía, estás muy guapo, ¿te gusta?, ¿quieres tocar?, esas palabras que después yo mismo repetía en mi camino a casa y en mis paseos por la selva, cuando iba a pescar ajolotes y a tirarles piedras a los pájaros, porque en aquella jungla, donde todo estaba excesivamente vivo, no había ningún respeto por la vida, se mataban insectos y animales grandes por cualquier motivo, pero sobre todo porque se sabía que, de otra forma, ese insecto o ese animal acabarían matándote a ti, se mataba de manera preventiva, en defensa propia y en nombre de la propia integridad, y también se mataba porque sí, como yo, que iba con piedras para tirarles a los pájaros, imitando lo que alguna vez había visto hacer al hijo del caporal, lo había visto tirándole a un picho y al picho caer de la rama del árbol y golpear el suelo con un ruido sordo, y aquello me había impresionado mucho, la fuerza con que había lanzado la piedra y su endiablada puntería me habían dejado inquieto, y desde aquel día intentaba todo el tiempo pegarle a un picho, darle con la piedra y tirarlo de la rama del árbol, hasta que una vez finalmente lo conseguí, le pegué y cayó al suelo desde una gran altura pero vivo, todavía trataba de mover las alas para escapar y se arrastraba torpemente por el suelo, en busca de un refugio donde protegerse, y yo todo lo que pensé fue que aquello había que terminarlo, no podía dejar al pájaro malherido, sangrando del cuello y la cabeza, así que para acabar con su sufrimiento, y con el mío, cogí una piedra grande y la solté encima del pájaro y unos minutos después, cuando corría desesperado rumbo al mercado, pensé que el hijo del caporal era mayor que yo, y tenía más fuerza, y por eso era capaz de matar un pájaro de una sola pedrada, trataba de justificar mi torpeza y, ahora que lo pienso, mi crueldad, porque todos mataban en esa selva y yo había aprendido que la vida era así, pero algo oí en el momento en que lo maté, en cuanto crujieron sus huesos contra la piedra, algo oí en las astillas de aquel pájaro, algo supe, algo vi, algo que me hizo correr desesperado, abriéndome paso entre la maleza, golpeándome los codos y las rodillas con el breñal, con los troncos y las ramas que fueron entorpeciéndome el camino hasta que llegué al mercado, que esa mañana estaba especialmente lleno de gente, no se podía andar por los pasillos y el olor a podredumbre, en medio de esa multitud, era insoportable, y yo trataba de abrirme paso entre las piernas y las canastas como antes lo había abierto entre las ramas, los tallos y los vástagos, me movía en dirección al sitio donde estaba la muchacha, pensando que el gentío se debía a la cosecha, porque había días en que los campesinos llegaban en masa a vender sus productos, bajaban del cerro o salían de la selva con sus cajas y sus canastas llenas de papa, de jitomate, de acelgas y coliflores y llenaban los pasillos y no se podía caminar ni oír nada de tanto griterío y ahí iba yo, en medio de aquel tumulto, tratando de abrirme paso para llegar a los costales de harina y ver a la muchacha, verla recibir a los hombres y reclinarse encima de la pila de cajas de madera y oírle decir esas palabras en las que yo pensaba todo el día y toda la noche y que en ese momento, mientras trataba de abrirme paso entre las piernas y las canastas y los pellejos y las frutas putrefactas, me producían una gran ansiedad, quería volver a verla y a oírla y la multitud me bloqueaba el camino y yo trataba de escurrirme por cualquier hueco y ya no me importaba mancharme los pies y las piernas del lodo infecto que cubría el suelo, no me importaba nada más que verla y quería llegar con una desesperación que hoy, cuarenta años después, me parece providencial, porque yo ya sabía, en ese momento en que trataba de abrirme paso rumbo a ella, que algo había pasado, algo había oído en las astillas del pájaro, y con esa angustia, metiéndome entre los puestos y las cajas y los retazos retorcidos de animal, llegué hasta donde estaba, me metí entre las piernas de la gente que la contemplaba, que la veía ahí tirada de mala manera, boca arriba, con los ojos abiertos pero vacíos, tirada sobre un charco de sangre que poco a poco fue extendiéndose hasta que, sin que pudiera yo moverme ni hacer nada, la sangre me llegó a los pies.

Los perros

El camión tosió por última vez y se detuvo a mitad del camino. Después de la gran tos, una humareda negra salió del motor y subió entre la lluvia hasta que se disipó, o quizá fue disuelta por el agua que caía del cielo sin misericordia. En todo caso tuve la impresión de que en esa humareda negra se iba el alma del motor. El camión nos dejó tirados en medio de la selva, entre Galatea y El Naranjo, a una hora en la que ya no era probable que pasara nadie. Oscurecía, el camino estaba desierto y llovía de una forma despiadada. Voy a bajar a revisar el motor, me dijo el caporal, agarrado con decisión al volante. Vamos a esperar a que escampe, le dije, no podrás ver nada con este aguacero. El caporal soltó el volante, se puso las manos sobre los muslos y cuando pensé que iba a decir algo de sustancia, o que iba a entregarse al arrebato de bajarse del camión y desafiar a la lluvia para llevarnos hasta El Naranjo, dijo, sí, tiene usted razón, es mejor esperar a que escampe. La vaca que llevábamos iba a la intemperie, yo la veía desde el otro lado del cristal, la veía mirando un punto fijo con sus ojos enormes y vacíos, mientras el agua le caía en la cara y le chorreaba por los pliegues del hocico. Estaba oscureciendo pero algo podía verse todavía, un tramo del camino y al final una curva que se perdía en la espesura de la vegetación. Pensé que si seguía lloviendo así el camino se pondría impracticable y que quizá sí convenía echarle un ojo al motor, con todo y la lluvia, valía la pena intentar ponerlo en marcha para llegar a El Naranjo no muy tarde, para que hubiera tiempo de una partida de póquer con don Cándido y yo pudiera, si me acompañaba la suerte, regresar a La Portuguesa con mi animal. La lluvia hacía un escándalo feroz contra la lámina del camión. Sin apartar los ojos del final de la curva que se perdía en la espesura de la selva, le dije al caporal, casi a gritos para que pudiera oírme, que aquello no pintaba nada bien y que quizá tendríamos que hacer algo y no confiar en que la lluvia terminara porque como bien sabes, dije, el agua puede estar una semana cayendo sin parar. Estábamos más o menos a mitad del trayecto y hacía un mes que a don Cándido, en ese mismo camino, los perros le habían comido un animal. Como si me estuviera leyendo los pensamientos, el caporal me dijo, aquí mero fue lo de los perros, y volvió a frotarse las palmas de las manos contra el pantalón. Ya lo sé, le dije, mirando todavía la curva donde desaparecía el camino, bajo la luz cada vez más débil del atardecer, una luz que además estaba menguada por lo tupido del aguacero. La vaca inmovilizada, atada a las redilas del camión, no podía pasar ahí la noche, no sin quedar expuesta al peligro de los perros. Voy a ver el motor antes de que sea noche cerrada, dijo el caporal y, después de subirse el cuello de la chamarra, como si aquello fuera un remedio contra ese aguacero despiadado, abrió la puerta y brincó al camino que ya era un río de lodo que bajaba rumbo a la curva. Un río que no había visto, ni calculado, hasta que las botas del caporal se hundieron en el fango. La vaca seguía con la mirada fija y vacía y con el morro cada vez más mustio y deslucido. Cogí la linterna, abrí la puerta y brinqué al arroyo lodoso que corría por el camino. El caporal tenía medio cuerpo metido en el motor del camión. No tendría que haber bajado, patrón, me dijo mientras miraba con agradecimiento el haz de la linterna que iluminaba los fierros del motor. Sus manos palpaban las piezas con destreza, se notaba que era un hombre acostumbrado a batallar con máquinas, que estaba habituado a imponer su voluntad sobre los mecanismos, como hacía periódicamente con el molino de café que teníamos en la plantación, o con el tractor que reparaba con piezas que les quitaba a otros aparatos. ¿Ves algo?, le pregunté a gritos porque el escándalo que hacía la lluvia contra la lámina del camión era ensordecedor. No entendí lo que dijo con la cabeza metida en el motor, trataba de mover una ménsula de hierro que estaba asegurada con un fleje y tenía recargada la mejilla derecha en una pieza circular, renegrida y aceitosa. Sin dejar de alumbrar el área donde trabajaba el caporal, me puse a otear el camino y la vegetación, pasándome la mano continuamente por la cara para quitarme el agua que me caía a chorros desde la cabeza y me impedía ver bien. Y ver bien era importante a la hora de identificar a las personas o a los animales, esos cuerpos que en cualquier momento podían salir de la maleza o aparecer a lo lejos al fondo del camino, como una sombra en la que lo mismo podía caber la esperanza que una oscura amenaza. La vaca se movió con cierta inquietud, parecía que quería echarse a andar y que sus ataduras se lo impedían. Si el caporal tardaba demasiado tendríamos que liberarla y dejarla caminar e internarse un poco en la maleza para que encontrara algo que rumiar. Luego pensé que subida al camión, amarrada como estaba, podríamos defenderla mejor que si los perros la sorprendían triscando por la selva. El caporal sacó la cabeza del motor, necesito una llave inglesa, me dijo al tiempo que estiraba la mano para que le diera la linterna. Me quedé ahí con las botas metidas en el fango, en lo que él se desplazaba hasta la parte trasera del camión. Vi cómo revolvía las herramientas de una caja de metal que estaba junto a las patas de la vaca. Algo gritó que tampoco oí pero por la forma en que lo dijo, y por la manera en que fue acentuando las palabras con la llave inglesa que acababa de encontrar, supuse que hablaba de los perros que le habían comido a don Cándido aquel animal, del peligro que corríamos en ese camino y de lo importante que sería lograr poner en marcha el motor. Un relámpago cayó y la luz del estallido tuvo un eco en los ojos de la vaca, que se transmitió como un respingo a lo largo de su cuerpo, el animal trató de librarse de sus ataduras y se movió de una forma que nos hizo ver que si se lo proponía era capaz de voltearnos el camión. El caporal me miró con esa inquietud e inmediatamente después me devolvió la linterna para que alumbrara su nueva incursión en el motor. Después del relámpago la lluvia empezó a amainar y el claror de la luna comenzó a colarse entre las nubes. A medida que se iba el estruendo de la lluvia comenzaban a salir los ruidos de la selva, parecía que los élitros, y los aleteos y los zumbidos de las chicharras salían llamados por el claror, que se presentaba apenas como una llaga por la que se rompía la noche. Una llaga atroz que no me gustó nada ver. Hacía unas horas en La Portuguesa, cuando estábamos subiendo a la vaca al camión, ya se veía que la tarde venía cargada de lluvia, que el aguacero iba a complicarnos el camino, pero ni al caporal ni a mí nos había importado gran cosa la amenaza. No habíamos contemplado, desde luego, la posibilidad de que nos fallara el motor. Yo le había prometido a don Cándido que esa noche tendría su animal, me lo había encontrado en el mercado y me había recordado esa deuda de juego que yo había contraído unos días antes en una mesa de póquer. A altas horas de la noche, con demasiados tragos bebidos, había dicho, en esta mesa pongo simbólicamente una vaca, una de mis Holstein de seiscientos kilos, y a continuación don Cándido me había ganado la partida. Pero luego todos habíamos seguido bebiendo y diciendo sandeces y al final había quedado claro, cuando menos para mí y para los otros jugadores con los que compartíamos la mesa, que lo de la vaca había sido pura vacilada, humo que se había disipado al amanecer. Todos habíamos creído esto menos don Cándido, que se tomaba muy en serio las apuestas, y así me lo había hecho saber esa mañana en el mercado. Sigo esperando mi vaca, me había dicho. No pensaba que se lo hubiera tomado usted en serio, le respondí legítimamente sorprendido. Las deudas son cosa muy seria, respondió. No sabiendo muy bien qué contestarle le dije, esta noche tendrá usted su vaca, y luego él había dicho algo de una partida en El Naranjo, aprovechando que iba, una partida que yo había visualizado como la oportunidad para recuperar mi animal. Pero ese proyecto se había desdibujado con la avería del camión, a esas alturas ya me conformaba con llegar a casa de don Cándido con el animal completo. Dejó de llover, el río que corría por el camino se detuvo, y en su lugar quedaron el escándalo de la selva y un espeso lodazal. Acomodé la linterna sobre el motor para que siguiera alumbrando los empeños del caporal, que estaba concentrado en una zona de la máquina en la que se imponía un trabajo milimétrico, que él improvisaba con la punta de un bolígrafo. Eché a andar hacia la curva con la luz amarillenta de la luna, la humedad que salía de la selva se me pegaba en la cara y en los brazos como un parásito. La historia de los perros que había contado don Cándido me tenía inquieto, y quería asegurarme de que no se aproximaba una jauría. Había contado que, en ese mismo camino, lo había sorprendido un perro bravo, con el hocico lleno de baba y los ojos inyectados. Como iba montado en el caballo le pareció que no corría peligro y, a pesar de que el perro le cerraba el camino, había seguido andando, ignorando sus amagos y sus ladridos, pero, en determinado momento, el perro se había lanzado contra la pata del caballo y lo había mordido, y el caballo se había revuelto de una forma que, de milagro, no había tirado a don Cándido. Mientras buscaba la pistola que traía en las alforjas apareció otro perro, y luego otro, y sin ningún miramiento se lanzaron contra las patas del caballo, que se echó a correr a todo galope con la jauría detrás y entonces sí tiró a don Cándido, que estaba mal posicionado porque seguía buscando la pistola. Sin más arma que un palo que encontró en el suelo, don Cándido empezó a correr orientándose por los ladridos de los perros y por los relinchos agónicos de su querido caballo, pero, sobre todo, y esto lo había contado con un brillo intenso en los ojos, se iba guiando por las manchas de sangre fresca que pintaban la maleza, un rastro de manchas oscuras que se iban posando en una piedra, en la copa de un arbusto, en el suelo, y que escurrían desde la punta de un vástago, o entre las hojas de una rama. Parecía que la que sangraba era la selva, había dicho don Cándido recomponiéndose, manteniendo a raya el fantasma de esa pena que iba desplegándose a lo largo de su relato. Cuando por fin dio con el caballo lo encontró tirado al pie de un tamarindo, cubierto de sangre y de mordidas, de desgarraduras por donde se asomaba, apelotonada y palpitante, la carne todavía viva. El caballo trataba de resistir las mordidas que dos perros le daban en la panza, buscándole con desesperación las tripas. Don Cándido le había quitado de encima a los perros con el palo y después había buscado la pistola en las alforjas y le había metido un tiro a su caballo entre los dos ojos. Como a pesar del estruendo del balazo los perros seguían ahí, agazapados y esperando a que él se fuera para regresar a la panza del animal, les había metido dos o tres tiros a cada uno, tiros despiadados y sañosos, de signo vengativo. Esa historia que don Cándido había contado con los ojos muy brillantes empezaba a ponerme nervioso mientras recorría el camino a la luz de la luna amarillenta. Tenía la impresión de que cuando había parado la lluvia habíamos quedado desprotegidos, a merced de la historia de don Cándido. El caporal seguía batallando con el motor, entreverados con el zumbido de la selva, que renacía con fuerza después del diluvio, se oían los golpes que daba a alguna pieza que era hueca y metálica y que no me daban buena espina, parecía que el caporal comenzaba a desesperarse, a dar su empeño por perdido. El camino era un fangal que me obligaba a mirar hacia abajo con mucha atención, a tantear y a dar pasos muy medidos, y con frecuencia tenía que detenerme a sacar la bota que se me había quedado enterrada en el lodo. Al llegar a la curva, al punto en el que el camino torcía hacia el poniente en dirección a El Naranjo, en lo que maniobraba para sacar la bota del barro, miré a lo lejos el camión con el cofre alzado y la sombra del caporal, que seguía golpeando la pieza metálica, y detrás la mole quieta de la vaca. La imagen del camión a lo lejos me hizo ver lo desamparados que estábamos, la selva oscura nos rodeaba por todos lados. En cuanto logré salir del barro me subí a una piedra y me puse a otear sin un objetivo concreto, movido por el temor creciente que había logrado transmitirme la historia de don Cándido. Desde arriba de la piedra miré lo más lejos que pude en varias direcciones, la escandalera que provocaban los insectos era ensordecedora. Pensé que los perros podían salir de cualquier lado, por ejemplo detrás del camión mientras yo miraba hacia El Naranjo, y probablemente el caporal no intervendría a tiempo por estar concentrado en el motor y yo no podría llegar en su auxilio con la rapidez suficiente, y encontraría a la vaca cubierta de mordidas y con dos perros pegados a la panza devorándole las tripas. La oscuridad no me dejaba otear la selva, la luz amarillenta de la luna era insuficiente, y a causa de la gritería de los insectos tampoco podría oír si se aproximaban los perros. Tenía la boca seca y respiraba con ansiedad, hasta ese momento no me daba cuenta del daño que me había hecho la historia de don Cándido. Saqué la pistola que traía metida en el cinturón, a la altura del ombligo, y me quedé inmóvil arriba de la piedra, decidido a meterle un tiro a cualquier cosa que saliera de la selva, fuera una jauría o un solo perro hijo de la chingada.

Los negros

Me detuve un momento al principio del camino. Llevaba cuatro horas en el coche, primero por la autopista y luego por una larga carretera de terracería. El camino era un barrizal, faltaba un kilómetro para llegar a la casa y llovía sin parar, necesitaba hacerme una idea de por dónde iba a meterme, no quería que el coche se quedara encallado en el lodo. Fui rodando muy despacio, mirando con asombro, una vez más, la desmesura de esa selva, la fuerza de esa criatura viva que los trabajadores del cafetal tenían que controlar a golpes de machete porque, de otra forma, terminaba devorándose el camino. Esa noche, como todos los años, teníamos la cena de Navidad. En la última curva se abría un claro donde estaba la casa, pero esa tarde la lluvia caía con tanta fuerza que yo apenas podía ver unos cuantos metros adelante, lo suficiente para no caer en un socavón o golpear el coche contra una piedra. Al final de la curva, cuando estaba a punto de entrar al claro, tuve que detenerme en seco porque una mole inmensa y oscura obstruía el camino. Aunque no eran ni las cuatro de la tarde, tuve que alumbrar con las luces largas del coche, porque el tumulto de las nubes, que colgaba encima de la selva como una vejiga renegrida, no permitía la entrada del sol. En cuanto las luces alumbraron aquello que me había parecido al principio un montón de tierra, vi el brillo de los faros relampagueando en el ojo, la silueta de la oreja, la línea suave de la trompa. Era el elefante que vivía ahí desde que yo era un niño. Toqué dos veces el claxon con la intención de que se echara a andar, o para que saliera el caporal o alguno de sus hombres a quitarlo de ahí. Pero el elefante se había hecho viejo y probablemente había perdido el oído, y ni el caporal ni sus hombres, ni tampoco mamá y doña Julia, que debían estar preparando la cena en la cocina, podían oír el claxon porque la lluvia caía con fuerza y provocaba una gran escandalera. Caía sobre el tejado y sobre los alerones de metal que rodeaban la casa, y no había espacio para otro ruido que no fuera el del agua violenta y furibunda. Yo conocía perfectamente las rutinas del elefante, y sabía que podía estarse ahí, inmóvil, durante horas. También conocía la naturaleza de ese camino y esto me hizo descartar la idea de dejar ahí el coche y echarme a correr hasta la casa, porque sabía que si seguía lloviendo así, el camino se convertiría en un río que se llevaría todo por delante. Así que pensé, mientras me sacaba el teléfono del bolsillo de la camisa, que no tenía más remedio que mover yo mismo al elefante. Bajé del coche y caminé con las botas metidas en el barro, debajo de la espesa cortina de lluvia que, en un instante, me empapó de pies a cabeza y me dejó la ropa pegada al cuerpo. Era una sensación que no tenía desde que era niño, y vivía ahí, y salía a mojarme con la lluvia, a caminar con la intención de empaparme, quizá porque era mi forma de conectarme con la selva. Me planté frente al elefante y empecé a tirar suavemente de la base de la trompa hasta que salió de su letargo y comenzó a andar rumbo a la casa. Regresé al coche y avancé los metros que me faltaban para estacionarlo debajo de un alerón, fuera del camino que, en cualquier momento, podía convertirse en río. El elefante se había detenido cerca de la puerta, seguramente iba a quedarse ahí porque, cuando llovía, nunca se aventuraba dentro de la selva, por miedo a los relámpagos que alguna vez habían partido en dos un árbol.

Pero ¿qué te ha pasado?, preguntó mamá sin dejar de dar vueltas a un caldo que hervía en los fogones de la cocina y que producía una espesa niebla que olía a carne, a ajo y a yerbas. Tuve que mover al elefante, que obstruía el camino, dije mientras daba un beso a ella y otro a doña Julia, y luego anuncié que antes de ponernos al día, porque no nos veíamos desde hacía unos cuantos meses, pasaría por la ducha y me pondría ropa seca. A que no sabes quién viene a cenar hoy, dijo mamá mirando a la cocinera, con una divertida complicidad, y antes de que pudiera yo decir algo soltó, vienen los negros de Ñanga.

Ñanga era un pueblo vecino donde vivían los descendientes de un enorme grupo de esclavos que, a finales del siglo XVI, había llegado de África para trabajar en los plantíos de caña de azúcar. Desde entonces los negros habían ido teniendo hijos entre ellos y habían logrado llegar al siglo XXI como una tribu herméticamente africana, que vivía en la selva de Veracruz. Los negros visitaban La Portuguesa, aparecían periódicamente, vestidos a la usanza de la tribu africana de sus ancestros, de taparrabos y el torso al aire, con una lanza, un enorme escudo ornamentado con motivos guerreros, y el cuerpo cubierto de afeites, collares y todo tipo de colguijes. Iban a la plantación a intercambiar costales de café por piezas de cerámica, que elaboraban con la misma técnica que usaban sus antepasados, o para aliarse con nosotros en contra de un ejidatario tiránico, o del diputado regional que le correspondía a nuestro municipio, que era casi siempre un matarife. También llegaban, de vez en cuando, en un tono más social, a conversar de su vida y a que Chabelo, el líder de la tribu, se bebiera un aperitivo. El aperitivo era una de las pocas costumbres occidentales que había podido colarse en su riguroso catecismo africano. Pero lo que nunca habían aceptado era asistir a la cena de Navidad, a la larga mesa que ponía mi madre en Nochebuena, una mesa tres veces más larga que la habitual, a la que nos sentábamos con el servicio de la casa, el caporal y algunos de los trabajadores de la plantación con sus familias. Los Ñanga habían declinado, durante décadas, la invitación, porque no admitían la influencia de otras religiones. Por más que se le había explicado a Chabelo que, a pesar de la fecha, se trataba de una fiesta rigurosamente pagana, los negros nunca habían querido asistir, hasta ese día en que por alguna razón, quizá la edad del líder, argumentaba mamá, habían finalmente aceptado.

Después de una ducha larga, que sirvió para quitarme de encima las horas de carretera, me reuní con papá y con Lupe, el cura de la parroquia de Galatea, que bebían el aperitivo en la terraza. Estaban sentados cada uno en un sillón, mirando fijamente la lluvia que mojaba la selva con un poderoso rumor que obligaba a levantar demasiado la voz. Luego de unas cuantas palabras quedaba claro que lo mejor era callarse. Encima de ellos se expandía el aura azulosa de los puros que estaban fumando, unas piezas desmesuradas que forjaban en San Juan de los Aerolitos y que servían para ahuyentar a los insectos, porque de otra forma no se podía estar a la intemperie. De pie, al lado de ellos, contemplando la lluvia con la misma concentración, estaba Heriberto, un hombre mayor que papá, que llevaba más de cincuenta años siendo mozo en la casa, y preparaba como nadie el *mintjulep,* una bebida francesa cuya receta había llegado a Veracruz ya bastante adulterada, y en manos de Heriberto, que le había añadido un toque del aguardiente autóctono, había terminado convirtiéndose en otra cosa. El nombre original de *mintjulep,* demasiado francés para ese entorno, se había ajustado al acento de la selva y había pasado a llamarse *menjul.* Desde que yo era un niño papá había intentado que Heriberto se sentara, en lugar de estar de pie al lado de la mesa, pero él se había negado siempre porque si se sentaba se quedaba inmediatamente dormido y dejaba sus obligaciones al garete. ¿A qué hora has llegado?, preguntó papá al verme y yo expliqué, mientras Heriberto empezaba a disponer los elementos para prepararme un trago, que había tenido que bajarme del coche para quitar al elefante del camino y que me había mojado tanto que había pasado directamente a la ducha. Lupe me miraba, sin decir nada, desde el cómodo limbo en que lo había situado el segundo *menjul.* Me senté en un sillón a mirar cómo llovía, con el whisky que acababa de prepararme Heriberto en una mano y un puro en la otra, para defenderme de los mosquitos. Lo que va a estas horas es el *menjul,* dijo Lupe desde su limbo, mirando con escepticismo el trago que tenía en la mano. He perdido la costumbre, dije como disculpa, en la ciudad es difícil encontrar quien te lo prepare. Después nos quedamos en silencio, como pasaba siempre que llovía y estábamos a la intemperie. Debajo de la mesa donde Heriberto tenía instalado el bar, dormía un pastor alemán blanco que era el bisnieto, o quizá algo más distante, del Gos, el perro que me acompañaba cuando era niño. El Gos era blanco para que tu hermano y tú no lo perdieran de vista en la selva, dijo papá, que me había visto contemplando al bisnieto del perro. Es curioso que después de tantas generaciones sigan saliendo blancos, dije yo. Lupe despertó momentáneamente para decir, el blanco es la luz y la luz está por todas partes. Previendo que lo siguiente sería una andanada de excentricidades, papá cambió de tema. Los Ñanga vienen a la cena, anunció mientras yo rumiaba lo que acababa de decir Lupe, y veía cómo una fila de hormigas rojas salía de la maleza, se resguardaba debajo del alerón y avanzaba por la orilla de la terraza, lo más lejos posible de nosotros, y del perro, y subía por la pared, en una línea vibrante, gruesa y roja, hasta perderse en un agujero, cerca del techo. Era una fila sin fin que no dejaba de moverse y en lo que daba el primer trago a mi vaso imaginé que la primera hormiga había salido hacía años, desde un sitio muy lejano, y que las que la iban siguiendo formaban esa fila desmesuradamente larga donde la última hormiga ya había alcanzado a la hormiga original, y todas formaban un anillo rojo y vibrante alrededor del planeta. En algún momento, cuando la penumbra que imponía la lluvia comenzaba a acentuarse con el atardecer, Heriberto encendió el árbol de Navidad, que era una palmera decorada con esferas, guirnaldas y luces de colores. Ese acto simple del mozo despejó el sopor en el que empezábamos a caer. Las oleadas de luz de colores que emitían rítmicamente los foquitos trataban de penetrar en la vegetación, de ir más allá, y lo único que conseguían era reflejarse, reproducirse por la superficie mojada de las hojas, por ese denso muro vegetal que se alzaba enfrente de nosotros y que mantenía oculto todo eso que bullía en el corazón de más adentro, el zumbido permanente de los insectos, el grito de los pájaros, las víboras, los tapires, las zarigüeyas y los felinos, todo eso que soportábamos porque veíamos solo a trozos, gracias a que ese muro vegetal nos escatimaba la totalidad. Recordé una línea que había leído, hacía poco, en un cuento: «una fuerza sorda que absorbía toda la luz», y pensé que esa fuerza sorda era la selva. Luego apareció una de las criadas para avisarnos que la mesa estaba lista. ¿No es esta la hija de Rosarito?, pregunté, porque se parecía a una chica que trabajaba en la casa cuando éramos niños y que poseía una rara habilidad, tan rara y tan inolvidable que acababa de reconocer sus rasgos en esa joven. Es la nieta, dijo papá, y yo pensé que el bisnieto del Gos y la nieta de Rosarito marcaban, con cierta violencia, la enorme distancia que había hasta el niño que fui. Y Rosarito ¿vive?, pregunté. Papá soltó una carcajada que fue secundada por un ataque de tos de Lupe. Pero si es menor que tú, claro que vive, dijo. Rosarito era una niña que pegaba unos gritos que nos ponían los pelos de punta y que, según contaban, había vuelto loca a su madre, una vez que estuvo gritando sin parar cerca de una hora. Con gritar sin parar quiero decir sin interrupciones, un solo grito continuado sin fisuras para la respiración. Probablemente era una exageración aquello de que había vuelto loca a su madre, pero mi hermano y yo la picábamos y ella se arrancaba con un grito ininterrumpido, de una hiriente agudeza, que bien podía durar quince o veinte minutos. Y quizá podía haber durado más, pero siempre salía algún adulto a decirle, cállate, Rosarito, ya está bien, Rosarito, lárgate, Rosarito. Los gritos de la niña eran una calamidad tolerada, que incluso tenía un margen de prestigio. Más de una vez en alguna conversación, o a la hora del aperitivo con gente que estaba de visita, había salido el tema de los increíbles gritos de Rosarito, y a veces hasta se mandaba traer a la niña para que pegara uno de sus gritos y así las visitas pudieran comprobar que aquello que se les había contado, de la criatura que podía gritar durante veinte minutos seguidos sin coger aire, era verdad. Yo recordaba dos ocasiones en las que Rosarito había sido llamada, una cuando estaba Jim, el famoso trapecista del Circo Frank Brown, y otra cuando los negros de Ñanga habían llegado a La Portuguesa, llamados por el runrún de los gritos de Rosarito, pidiendo ver a la niña prodigiosa. Papá la mandó llamar y ella acudió y gritó hasta que los negros se taparon los oídos, le pidieron que se callara y suplicaron que les prestaran a la niña porque necesitaban el chorro continuado de su voz para efectuar un conjuro. ¿Un conjuro?, había preguntado papá. Un conjuro de carácter puramente agrícola, dijo el líder de los Ñanga para tranquilizarlo. Rosarito se había ido con ellos y había vuelto al cabo de unas horas, pero nunca nos quiso decir cuál había sido su papel en aquel conjuro, ni si este había dado los resultados que esperaban los negros. Mi hermano y yo la provocábamos todo el tiempo para que gritara y, de tanto observarla, notamos que siempre se ponía de pie para gritar y un día la retamos a que gritara sentada. En esa posición, para nuestro asombro, su grito no duraba ni un minuto. Rosarito, desesperada porque veía que su prestigio podía desmoronarse si no conseguía producir un grito más largo, hizo un gesto que nos abrió los ojos. Justamente cuando la voz comenzaba a flaquearle, se inclinó de lado, se levantó un poco sin dejar de hacer contacto con la silla y, como por arte de magia, su voz recuperó el brío, pero flaqueó nuevamente en cuanto volvió a sentarse. Lo que pasa es que respiras por detrás, le dije muy asombrado de mi propio descubrimiento. Rosarito se me quedó mirando fijamente, con mucha rabia, antes de levantarse y largarse. Después de aquello nunca la volvimos a oír gritar. ¿Y estos señores de Ñanga se acordarán de Rosarito?, pregunté. Lupe, que a esas alturas ya no se sabía si estaba despierto o dormido, opinó, esta gente está acostumbrada a peores rarezas, no creo que se acuerden de esa.

Los negros entraron en el comedor cuando ya estábamos todos en la mesa, el caporal con su familia y algunos trabajadores de la plantación con sus mujeres y sus hijos. Todos habían tenido que entrar por la puerta de la cocina porque el elefante había pasado del alerón, donde yo había estacionado el coche, a la puerta principal, donde se había instalado, atraído por el bullicio que salía de la casa. Papá cortaba lonchas al cerdo que estaba en una bandeja, bañado de salsa, humeante y despatarrado, con una enorme pera en el hocico. Mamá iba acercándole platos que después se distribuían, de mano en mano, por toda la mesa. Era la única ocasión en el año en que todos compartíamos la cena y, como siempre, reinaba un ánimo nervioso que conforme avanzaba la noche se iba distendiendo. Cuando entró Chabelo al comedor se interrumpió de golpe el bullicio. El líder apareció en la puerta escoltado por dos guerreros de lanza y escudo, que eran el vivo retrato de sus ancestros africanos, aun cuando llevaban siglos viviendo en Veracruz y hablaban español con acento veracruzano. A pesar de que todos en la plantación estábamos familiarizados con los negros, su majestuosa presencia dentro de la casa provocó un espeso silencio, que rompió papá al dejar el cuchillo y el trinche con los que estaba rebanando el cerdo para llevar a Chabelo del brazo, porque ya era un hombre mayor, a sentarse en el lugar que le tocaba, siempre flanqueado por sus dos guerreros. Dos horas antes, mamá se había asomado a la terraza, donde bebíamos el aperitivo, para debatir el tema de lo que podían comer los negros, de lo que iban a beber, de lo que era o no correcto hablar en su presencia, y pronto habíamos llegado a la conclusión, que Heriberto, sin perder la rigidez, había aprobado con un discreto movimiento de cabeza, de que a los Ñanga se les debía tratar como a cualquier invitado. Así que doña Julia les sirvió el gazpacho que se habían perdido y después pasaron al cerdo. Comían con una concentración que los aislaba de la fiesta, y por más que mamá, o yo mismo, tratábamos de hacerles conversación, Chabelo, que era el que hablaba, nos contestaba cualquier cosa y volvía inmediatamente a su plato. Pronto la cena recuperó su ánimo festivo, se había bebido suficiente vino, algunos habían pasado ya al aguardiente y todos empezábamos a flotar a la deriva, dentro de esa nube azulosa y plácida que proveía el humo de los puros. Afuera seguía lloviendo y la terraza se había ido llenando de alimañas que querían refugiarse de la tormenta. En algún momento salí a preparar un *menjul* para Chabelo, que era la única bebida que aceptaba, y vi cómo salía huyendo un cuyo y cómo en uno de los sillones se desperezaba un tigrillo que, después de mirarme con sus ojos verdes y severos, dio un salto prodigioso hacia la selva que, en un instante, se lo tragó. Chabelo se animó con el *menjul* y nos confesó, ante la mirada inexpugnable de sus dos guerreros, que se lo había pensado mucho antes de asistir a nuestra cena de Navidad. Se lo ha pensado usted más de cuarenta años, dijo papá, y eso desató una carcajada general que puso contento a Chabelo, que lo iba diciendo todo con una vocecita aguda y con un gesto que le hacía pequeños los ojos y desamarraba un tumulto de arrugas en la frente. Decía cualquier cosa y luego se tocaba el bigotazo blanco que se había dejado. Con ese bigote parece usted un soldado de Pancho Villa, bromeó el caporal en algún momento, y aquella referencia, después de las carcajadas que estallaron en la mesa, situó a Chabelo en el tema que le preocupaba. Contó que había tardado cuarenta años en asistir a la cena de Navidad porque en su pueblo pensaban que un contacto excesivo con el mundo moderno acabaría con sus tradiciones pero que, al estar ahí, se daba cuenta de que no corría ningún peligro, y después de pedirme que le hiciera otro *menjul*, él y sus guerreros nos cantaron una canción muy triste, que había ido pasando de generación en generación y que hablaba de la vida miserable que habían tenido sus ancestros a bordo del barco negrero que los llevaba, después de que los mercenarios arrasaran su pueblo en África, a trabajar como esclavos a Veracruz. Los invitados comenzaron a irse y al final solo quedamos nosotros, la familia del caporal y los negros de Ñanga. Antes de irse, Chabelo nos habló de lo difícil que le resultaba conservar la pureza de su tribu, de que los más jóvenes comenzaban a interesarse demasiado en lo que pasaba en Galatea. En dos de las cabañas de Ñanga había ya televisión y hacía unos días que su mujer había sorprendido a uno de sus nietos con un artefacto que, de acuerdo con su explicación, podía ser un teléfono móvil o una Nintendo. Todo cambia a gran velocidad y no queda más que adaptarse, le dije. Chabelo se puso de pie trabajosamente, ayudado por sus dos guerreros. Después de lo que había contado, el aura majestuosa con que habían llegado al comedor se había desvanecido, ahora parecían un trío de criaturas al borde de la extinción. El elefante se había ido y los últimos invitados pudieron salir por la puerta principal. El caporal y su mujer abrieron los paraguas y se fueron rumbo a su casa. Chabelo y sus guerreros se echaron a andar, como lo habían hecho siempre, sin hacer caso de la lluvia. Fueron desapareciendo poco a poco de nuestra vista y mamá y yo nos quedamos ahí hasta que no pudimos verlos. Por el camino bajaba una riada salvaje que, de no haberlo puesto a salvo, se hubiera llevado mi coche. El elefante, que triscaba por ahí, comenzó a caminar hacia la selva, lo vimos desplazarse pesadamente, cruzó el claro donde estaba la casa y desapareció entre la vegetación. Era el signo inequívoco de que pronto dejaría de llover.

Usos rudimentarios de la selva de Jordi Soler
se terminó de imprimir en mayo de 2018
en los talleres de
Litográfica Ingramex, S.A. de C.V.
Centeno 162-1, Col. Granjas Esmeralda, C.P. 09810,
Ciudad de México.